SUPERHÉROES

SUPERHÉROES

SUPERMETOMENTODO

Metomentodo Quesoso es el superhéroe conocido como Supermetomentodo. ¡Es el jefe de los superhéroes!

COPÉRNICA

La cocinera-científica de los superhéroes, que controla la base secreta.

YO-YO

Joven y dinámica, puede hacerse inmensa o minúscula.

LADY BLUE

Heroína misteriosa, llega siempre cuando los superhéroes están en dificultades.

MAGNUM

Su supervoz destruye a todas las ratas de cloaca.

BANDA DE LOS FÉTIDOS

BLACKY BON BON

Jefe de la banda de los Fétidos. Es un déspota cruel y lleno de fobias.

MÁKULA BON BON

Es la mujer del Jefe. Es la que manda en la familia.

KATERINO

Es el contacto del Jefe con los roedores de Muskrat City.

FIEL BON BON

Joven hija del Jefe, obtiene venenos peligrosísimos de plantas e insectos.

UNO DOS TRES

Los tres guardaespaldas del Jefe son grandes y robustos, pero con poca sustancia en la cocorota.

Textos de Geronimo Stilton
Inspirado en una idea original de Elisabetta Dami
Diseño original del mundo de los superhéroes de Flavio Ferron y Giuseppe Facciotto
Coordinación artística de Flavio Ferron
Asistencia artística de Tommaso Valsecchi
Ilustraciones de Giuseppe Facciotto (*dibujo*), Daniele Verzini (*coloración*)
Cubierta de Giuseppe Facciotto y Daniele Verzini
Diseño gráfico y maquetación de Chiara Cebraro

Título original: *Supersquitt e la pietra lunare*
© de la traducción: Manel Martí, 2012

Destino Infantil & Juvenil
infoinfantilyjuvenil@planeta.es
www.planetadelibrosinfantilyjuvenil.com
www.planetadelibros.com
Editado por Editorial Planeta, S. A.

© 2010 - Edizioni Piemme S.p.A., Corso Como 15, 20154 Milán - Italia
www.geronimostilton.com
© 2013 de la edición en lengua española: Editorial Planeta, S. A.
Avda. Diagonal, 662-664, 08034 Barcelona
Derechos internacionales © Atlantyca S.p.A., Via Leopardi 8, 20123 Milán - Italia
foreignrights@atlantyca.it/www.atlantyca.com

Primera edición: marzo de 2013
ISBN: 978-84-08-03714-9
Depósito legal: B. 2.474-2013
Impresión y encuadernación: Cayfosa
Impreso en España - Printed in Spain

El papel utilizado para la impresión de este libro es cien por cien libre de cloro y está calificado como **papel ecológico**.

Geronimo Stilton

SUPERMETOMENTODO Y LA PIEDRA LUNAR

¡Juegos de niños!

E n **Muskrat City** el día es sereno.
Los templados rayos de un hermoso sol primaveral caldean a los habitantes de la ciudad.
Muchos aprovechan el buen tiempo para descansar después del almuerzo en el Central Rat-
park. Los que trabajan en las OFICINAS
de los alrededores se comen un sándwich en
los bancos, a la sombra de los árboles en flor,
mientras que los estudiantes prefieren improvisar variopintos picnics en la hierba.
Nada parece poder **turbar** el primer espléndido día de primavera, hasta que un estruendo ensordecedor rompe la paz ciudadana.

¡ROAAAAAAAAAAR!

7

Los transeúntes alzan los ojos al cielo, pero lo único que logran ver es una **ESTELA** blanca.

Un roedor grita, señalando un punto en el horizonte:

—¡Mirad! ¡Vuelve otra vez, pero ¿qué es, un **AVIÓN**?!

Al cabo de un segundo, apartándose un espeso mechón de pelo para poder ver mejor, grita:

—¡No, parece… parece un pájaro!

Y señala con el dedo un **RELÁMPAGO AMARILLO** que rasga el cielo.

De repente, otra voz se alza de entre la multitud, incrédula:

—¡No puede ser! Es… es… ¡un plátano volante!

¡Y así es, en efecto! ¡Supermetomentodo está **SOBREVOLANDO** el cielo de la ciudad convertido en un gran plátano con alas!

—¡Traje! ¡¿Qué estás haciendo?! ¡Te he dicho cohete volante, no plátano volante! ¡¡¡Necesitas con urgencia un buen centrifugado!!!

—EJEM, ¡TE PIDO DISCULPAS, SUPERJEFE! ¡EL ESTRUENDO DE LOS MOTORES DE AERORRATÓN HA MITIGADO TU VOZ!

La rata facinerosa en cuestión lleva puesto un traje con unos potentes **REACTORES** que le permiten desplazarse de un banco a otro con un solo propósito: ¡desvalijarlos!

—¡Rápido, traje! ¡Ha girado tras aquel edificio de allí abajo! —exclama Supermetomentodo. Después añade un **POTENTE** y **SONORO**

SWOOOOOSH

«¡acelera!». Mediante el micrófono que lleva incorporado en el casco llama a sus colegas:

—*¡Magnum! ¡Yo-Yo! ¿Dónde estáis?*

—¡Te seguimos por tierra! —responde de inmediato la superroedora vestida de rosa.

—*¡ESTA VEZ AERORRATÓN NO SE NOS ESCAPARÁ!*

—¡Así es! ¡No permitiremos que vuelva a despistarnos! —exclama Magnum, montado en su *scooter* volador.

—¡Traje! —**GRITA** el héroe de amarillo—: ¡Ahora gira a la izquierda!

—Pero *SUPERJEFE*..., *¡si lo hago lo perderemos!*

—¡No te preocupes… tengo un plan!

Un coche de **POLICÍA**, con su **JEFE**, Teopompo Musquash al volante, se presenta en el lugar a los pocos minutos.

—¡Comisario Musquash! —bromea Yo-Yo—, aquí hay alguien que pasará las vacaciones… ¡al FRESCO!

—¡¿Vacaciones?! ¡No sabes cuánto las necesito! —exclama Magnum, ESPERANZADO.

—De eso, nada, Magnum, ¿qué habías entendido? —interviene Supermetomentodo, divertido—. Yo-Yo se refería a una **ESTANCIA FORZOSA**... en la cárcel de Muskratraz.

¡UN TRABAJO EXCELENTE, SUPERHÉROES!

—los felicita el comisario Musquash—. ¡Aerorratón ha cometido su último robo! Era demasiado **VELOZ** para nosotros, pero para vosotros ¡debe de haber sido un juego de niños! Supermetomentodo está a punto de responder, cuando una luz amarilla comienza a **iluminar** su reloj de pulsera: el Alarmusk vuelve a estar en funcionamiento.

—¡Muskrat City nos necesita de nuevo!

—¡Superhéroes, en acción!

L a jornada ya ha llegado a su fin y el sol está descendiendo lentamente tras los perfiles dorados de los **edificios**. Los muskratenses vuelven a sus hogares saboreando la bonanza del crepúsculo primaveral.

Copérnica, la cocinera-científica, está **TRAJINANDO** entre cacerolas y sartenes, cuando un ruido procedente del sótano llama su atención: ¡los superhéroes han vuelto! Copérnica activa el interfono que comunica las estancias de la casa con las instalaciones de la Base Secreta y exclama:

—¡APRESURAOS, CHICOS! ¡LA CENA YA ESTÁ CASI LISTA!

El estómago de Magnum responde con un sonoro ronroneo.

—¿¿NO ME DIRÁS QUE TIENES HAMBRE?!

—se burla Yo-Yo.

—¡Pues claro que sí! No sé si te has percatado de todas las vocales que he tenido que usar para vencer a esas **RATAS TAN FEAS**... —replica él—. ¡Y pensar que tras lo de Aerorratón ya parecía que la jornada había concluido!

—Por cierto, ¿cómo se llamaban aquellos malcarados que nos han caído en suerte, los Cuatro Pérfidos?

—¡Los Cuatro Pútridos! —interviene Supermetomentodo.

Tras una **DUCHA CALIENTE**, la familia se reúne en la mesa. Copérnica se percata de que la conversación decae y finaliza: los tres **HAMBRIENTOS** superprimos devoran en silencio todo cuanto tienen en el plato.

¡Neutrinos y canelones! ¡Ser superhéroe realmente abre el apetito!

—¡Y que lo digas, Coperniquita! —exclama Brando—. ¡Esta mañana me he enfrentado a una superrata de cloaca que quería DESTRUIR el museo de arte contemporáneo sólo porque no habían aceptado exponer su obra!

—¡Pues yo me he pasado dos horas salvando un crucero SECUESTRADO por una rata llamada Giant Ratt! —replica Metomentodo.

—¡Y después les ha tocado el turno a Aerorratón y a los Cuatro Pútridos! —concluye Trendy. Copérnica SONRÍE:

—¡Protones y macarrones! ¡Qué jornada tan llena de emociones!

—¿Emociones? Bah… ¡Combatir a las ratas de alcantarilla ya se ha convertido en un juego de niños! —responde Metomentodo con mucha indiferencia.

Mientras los superhéroes disfrutan de su merecido descanso arropados por la paz de la Mansión Quesoso, un SILENCIOSO PERSONAJE se desliza por las callejuelas de la ciudad, mirando atrás a cada paso que da, hasta que llega a un viejo establecimiento de aspecto descuidado.

La débil luz que sale de la puerta ILUMINA el rostro de Katerino, el viscoso lugarteniente de Blacky Bon Bon. Al cabo de un instante, la rata desaparece en la tienda de Fétidor Dostoieski, trapero de profesión.

Katerino entra en la trastienda y enfila el pasadizo

que desciende a las **FÉTIDAS** profundidades de las alcantarillas. A grandes zancadas llega a la Roca de Putrefactum, el tétrico cuartel general de la **Banda de los Fétidos**.

Blacky Bon Bon lo espera en su despacho; está tan nervioso que casi ha desgastado las baldosas, de tanto caminar arriba y abajo.

—¿DÓNDE SE HABRÁ METIDO ESE DESECHO DE ALCANTARILLA?

—masculla entre dientes el jefe de la Banda de los Fétidos. Entonces se oyen unos extraños **CHIRRIDOS**, y una ráfaga de aire apestoso abre la ventana de par en par.

—¿Quién anda ahí? —grita Blacky Bon Bon. Una escuálida silueta se recorta furtiva a su espalda y una **GARRA** retorcida se posa en su chaqueta de rayas:

—Jefe… ¡Soy yo!

–¡¡¡KATERINOOO!!!

—chilla Blacky, que ha dado un brinco del susto—. ¡Te lo voy a decir por última vez! ¡No debes irrumpir así, sin avisar!

—Usted perdone, Jefe —responde Katerino, conteniendo la risa bajo los BIGOTES.

—Bueno… —dice Blacky Bon Bon cambiando de tema, mientras se ajusta la CORBATA—. ¿Qué noticias me traes de la superficie?

—Esto, Jefe… —responde indeciso Katerino—. Verá… ¡Al final, Supermetomentodo ha vencido a Aerorratón!

Blacky Bon Bon frunce el morro.

—¿Y QUÉ ME DICES DE LOS CUATRO PÚTRIDOS?

—Todos encarcelados en Muskratraz… ¡gracias a ese tal Magnum!

El consternado silencio de Blacky es mucho más elocuente que sus **ARRANQUES** de costumbre.

—Esto… ¿Jefe? Ejem… ¿no va a haber berrinche? —pregunta incrédulo su fiel subalterno.

—Vete, Katerino… ¡Necesito pensar!

En cuanto se queda solo, el jefe de las ratas de cloaca sale a la terraza de la **INQUIE-TANTE** roca subterránea: hay un punto determinado desde el cual se divisan unas espectaculares vistas del cielo estrellado. La luna resplandece con una intensidad y una **BE-LLEZA** que deja sin aliento y, cada vez que la contempla, la rata se abandona a profundas meditaciones sobre el destino de Putrefactum y de Muskrat City.

«Necesito dar con algo que sea realmente muy **EFICAZ**», piensa. «Veamos… ¡podría conquistar la ciudad cargándome la central **ELÉCTRICA**! ¡O bien… podría ponerles el cepo a todos los automóviles del centro! ¡No hay nada mejor que el tráfico para paralizar una ciudad!»

Esas ideas le parecen bastante buenas, pero Blacky se siente **CAN-SADO** y decide irse a dormir.

En ese mismo instante, un **VIEJO** conocido del jefe de los Fétidos está observando la luna, aunque piensa en algo muy distinto. ¡Es Metomentodo Quesoso, alias Supermetomentodo!

—Ah… si 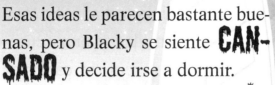 **Lady Blue** estuviera aquí… —susurra el héroe—. Si tan sólo me atreviera a decirle lo que siento por ella…

Ni la rata de cloaca más peligrosa de Putrefactum me inspira el menor TEMOR, pero cuando se trata de ella, ¡me tiemblan las piernas y apenas puedo hablar! Pero un día la llevaré al RASCACIELOS más alto de Muskrat City y, allí, ante esta luna tan hermosa,

¡Le diré lo que siento por ella!

Y diciendo esto, Metomentodo entra en la casa dispuesto a irse a la cama.

En realidad, ni Metomentodo ni Blacky se imaginan que en ese momento hay alguien que aún se encuentra más CERCA de la luna a la que han confiado sus pensamientos.

Se trata de Ratneil Mousetrong, el comandante de la nave Ratapolo 57, y de su compañero Buzz Ratonin, que están a punto de posarse en el suelo LUNAR para una misión de reconocimiento.

—¡GUAU! ¡Qué emoción!

—le dice Mousetrong a su compañero.

—¿De verdad? Pero ¡si tú ya habías estado aquí arriba! —le replica su amigo.

—Sí es cierto… pero ¡siempre resulta un momento ELECTRIZANTE! ¡Y ahora, manos a la obra, tenemos que recoger muestras lunares para el Museo de Astronomía de Muskrat City!

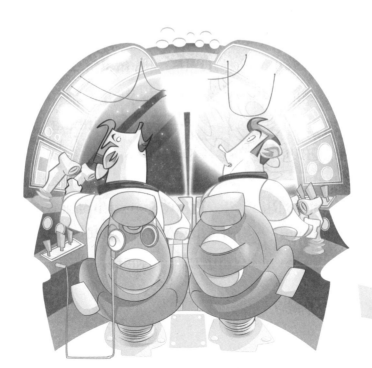

¡La amenaza magnética!

L os dos valientes astronautas, Mousetrong y Ratonin acaban de regresar a la BASE AEROESPACIAL. Su misión a la luna ha concluido tras recoger un cargamento de minerales de las profundidades de uno de los CRÁTERES LUNARES. En el laboratorio de investigaciones de la base los recibe el profesor De Orbitis, el director del Museo de Astronomía de Muskrat City.

—¿Qué tal, cómo ha ido el viaje?

—¡Buenos días, profesor! ¡Ha sido magnífico, emocionante y aún diría más… estelar! ¡Ja, ja! —responde alegremente Ratonin.

—Siempre estáis de broma, ¿no es así? Ah, si fuese más joven y… atlético, no me lo pensaría dos veces y me iría con vosotros. Pero tengo que contentarme con permanecer aquí abajo y mirar la luna desde lejos… —concluye melancólico el ilustre profesor.

¡NO SE PREOCUPE! ¡A PARTIR DE HOY, LA LUNA ESTARÁ MUCHO MÁS CERCA…!

—exclama Mousetrong—. … ¡Le hemos traído las muestras que nos pidió!

Dicho lo cual, coge un maletín de titanio reforzado y lo posa con gran esfuerzo en la mesa del LABORATORIO.

Ambos astronautas introducen dos llavines en las cerraduras y, tras un sonoro CLAC, el maletín se abre de golpe, desvelando al profesor De Orbitis su valioso contenido.

—Son… ¡realmente extraordinarias! —comenta el roedor, maravillado, mientras los reflejos rojizos de las muestras lunares lo ILUMINAN—. ¡No veo la hora de llevarlas al museo! ¡De prisa, la furgoneta nos espera!

Así pues, los tres roedores suben a una pequeña camioneta que se dirige hacia **Muskrat City**. Entretanto, Metomentodo Quesoso está entrando en la Esfera Supersónica. **HA DE ABANDONAR** Muskrat City **Y DIRIGIRSE** a Ratonia, donde le aguarda uno de sus famosos casos detectivescos.

Pero de pronto, un timbre suena a todo volumen en las estancias de la Mansión Quesoso.

—¡Por mil bananillas! ¡¿Qué sucede?! —se pregunta **INQUIETO** el roedor.

—Oh, Metomentodo, querido. Debe de ser mi nuevo invento: ¡la alarma anti-ratas de cloaca! —exclama Copérnica sin inmutarse.

—¡Bananas espaciales! ¡No hay tiempo que perder!

—exclama Metomentodo mientras da marcha atrás.

En cuestión de minutos, nuestro héroe se encuentra ante las maxi pantallas de la Base Secreta. Una edición extraordinaria del informativo muestra las imágenes de una nueva rata de cloaca dedicada a destruir la ciudad: lleva un gran imán en la cabeza, que emplea para atraer hacia sí, o para mantener a distancia, todos los objetos **METÁLICOS** de los alrededores. Acaba de robar un banco y ahora se está abriendo camino por entre los coches de **POLICÍA**.

—¡Será mejor que nos apresuremos, primito! —exclama Trendy, mientras entra jadeante junto con Brando.

—¡VaYa, Sí QuE oS HaBéis DaDo PRiSa! —exclama asombrado Metomentodo.

—¡Sí! —le responde Brando—. He visto el telediario en la central de SuperPizza, he llamado a

Trendy y, ya que tenía que hacer un reparto cerca de su COLEGIO, he pasado a recogerla.

—Hemos usado los SplitQuesoso y hemos venido corriendo —añade la estudiante.

—¡He de reconocer que los SplitQuesoso son uno de mis mejores INVENTOS! —exclama Copérnica—, pero ¡de ahora en adelante estaría bien que también llevaseis esto!

La cocinera-científica abre un cajón y les da DOS RELOJES, uno a Brando y otro a Trendy; son muy parecidos al de Metomentodo y están programados para señalar a las ratas de cloaca en plena acción, mediante un potente HAZ DE LUZ.

Antes de que los dos primos tengan tiempo de darle las gracias, Copérnica les dice:

—Y ahora, en marcha. ¡Detened a esa rata o ya no quedará ciudad que defender!

Y así, una vez se han puesto los trajes, Supermetomentodo, Yo-Yo y Magnum parten hacia

una nueva misión al grito de «¡No hay nada imposible para los SUPERHÉROES!».
Entretanto, en el distrito financiero, Magnetorrat, la superrata de cloaca magnética, ya está robando un segundo banco. La policía lo ha RODEADO, pero en cuanto los agentes tratan de aproximarse, el criminal repele con un campo magnético a todo aquel que intenta interferir en sus siniestros planes.

–¡MUSKRATENSES! ¡ESTÁIS ACABADOS!

—vocifera arrogante—. ¡No podéis hacer nada! ¡Y ahora, si me disculpáis, tengo que dejaros!
Pero en ese mismo instante, una voz resuena con firmeza, paralizando a la pérfida rata.
—¡Quieto donde estás! ¡El único lugar al que vas a ir es a la cárcel de Muskratraz! —dice Supermetomentodo.

—¡JA, JA, JA! ¿Y quién me llevará hasta allí? ¿Tú? —responde la rata, activando de nuevo el imán que lleva sobre la cabeza.

—¡En efecto, no lo dudes! —responde Magnum, **IMPÁVIDO**.

Pero Supermetomentodo se le acerca y le susurra al oído:

—¡Chist… Magnum!

—Ahora no es momento, Supermetomentodo…

¡Deja que empaquete a este morro torcido!

—Hummm, de eso quería hablarte, porque… verás, **HAY UN PROBLEMA**.

—¡¿Un problema?! ¿Qué problema? ¡El único problema que veo es la rata que tenemos aquí delante!

—Ejem… échale un vistazo a tu traje —insiste Supermetomentodo.

—¿Mi traje? ¿Qué le pasa a mi…?

¡OH, NOOO!

Al bajar la vista, Magnum descubre que tiene los pantalones del supertraje en el suelo. ¡Con sus poderes, Magnetorrat ha logrado desabrocharle la hebilla metálica del mono!

–¡CON MIS SALUDOS!

—se burla la rata de cloaca.

—¡Déjamelo a mí! —grita Yo-Yo.

—¡¡¡A NOSOTROS DOS, PAYASO!!!

Volteando su arma sobre la cabeza, Yo-Yo se sitúa frente a Magnetorrat, que la mira desafiante. Procurando guardar las distancias, la superroedora lanza el yoyó contra su adversario a velocidad **SUPERSÓNICA**. Pero en el último instante, Magnetorrat le manda una potente descarga electromagnética que desvía la **TRAYECTORIA** del yoyó y lo dirige hacia uno de los coches-patrulla. Yo-Yo observa cómo el comisario Musquash escapa por los pelos.

Maldita sea... ¡¿Cómo ha podido hacerlo?!

—¡Ya ves, tendrás que resignarte! ¡Tal vez nunca hayas reparado en ello, pero tu **YOYÓ** también está lleno de partículas metálicas! ¡Y donde hay metal, yo ejerzo un control absoluto! —responde Magnetorrat fanfarroneando.

–¡esta vez estamos en serios apuros!

—comenta Magnum, mientras se sujeta los pantalones con una de las patas para evitar que se le vuelvan a caer.

Entretanto, se aproxima una furgoneta. Es un pequeño camión plateado, con un **gran** planeta dibujado a los lados: ¡el símbolo del Museo de Astronomía de Muskrat City!

—¡YA CASI HEMOS LLEGADO, PROFESOR! —anuncia Mousetrong desde la cabina del conductor.

—¡Muy bien! ¡En cuanto las muestras estén en el laboratorio, por fin podré analizarlas! —responde el profesor De Orbitis—. Dentro de unas semanas *INAUGURAREMOS* una ala del museo dedicada a ellas. ¡Será un gran motivo de fiesta para la ciudad!

La furgoneta está esperando a que cambie el **SEMÁFORO** para poder girar. Pero justo detrás de la esquina, Magnetorrat se está enfrentando al más valeroso defensor de Muskrat City: *¡Supermetomentodo!*

—¡Traje! —grita el superhéroe—. ¡Modalidad Goma!

Supermetomentodo, Magnum y las fuerzas del orden corren inmediatamente junto a la furgoneta.

—¿ESTÁN BIEN? —les pregunta Magnum a los tres pasajeros.

La respuesta de Mousetrong no se hace esperar:

—¡Todos bien, asustados pero ilesos!

—Una maniobra realmente espectacular —añade Supermetomentodo—. ¿Acaso es usted piloto?

—Sí... pero ¡no conduzco **AUTOMÓVILES**! En cualquier caso, ¿podría decirnos qué ha pasado? —pregunta el astronauta, frotándose la cabeza.

—¡LA CULPA DE TODO LA TIENE UNA RATA DE CLOACA LLAMADA MAGNETORRAT!

—empieza a explicar Musquash.

—Por cierto... —interviene Supermetomentodo—, ¿dónde se ha metido?

—¡Allí abajo! —grita Magnum—. ¡Huye...!

—¡Atrapémoslo! —exclama Supermetomento-do, mientras se lanza en **PERSECUCIÓN** del supercriminal.

Sin embargo, apenas echa a correr, Supermeto-mentodo se da cuenta de que falta alguien más.

—UN MOMENTO... ¡¿DÓNDE ESTÁ YO-YO?!

Magnetorrat se aleja, sujetando entre sus patas un gran saco lleno de billetes, joyas y monedas: **—¡JA, JA, JA!** ¡He despistado a esos supertontainas! ¡El jefe estará contento! Dentro de unos minutos me encontraré con Kat... Eh, pero ¿qué pasa?

De repente, el imán que lleva sobre la cabeza comienza a emitir extraños **CHISPORRO-TEOS** y todos los objetos metálicos en un radio de quince metros empiezan a vibrar. El nivel de **MAGNETISMO** del traje de Magnetorrat se ha elevado al máximo, tanto que la rata es incapaz de controlarlo.

—¡Alguien ha manipulado el dispositivo de control! —grita la rata de cloaca—. Será mejor **QUE ME ALEJE** antes de que...

Pero aún no ha acabado la frase, cuando numerosos trozos de chapa, farolas, carteles indicadores, tapas de alcantarilla y raíles del tranvía son **ATRAÍDOS** inexorablemente por el potente imán y acaban atrapando a Magnetorrat en un cepo metálico.

—¡NO PUEDE SER!

—grita la rata de alcantarilla.

—¡Yo, en cambio, diría que es muy, pero que muy posible! ¡Y puedes agradecérmelo a mí! —le responde Yo-Yo muy satisfecha, plantándose ante la maltrecha rata—. Mientras estabas distraído enfrentándote a Supermetomentodo, me he **miniaturizado** y he entrado en tu traje. ¡A partir de ahí, sabotear el sistema de control ha sido un juego de niños!

—¡Has estado grandísima!

—exclama con gran satisfacción Magnum, que por fin ha alcanzado a su supercolega.

—¡Querrás decir... **pequeñísima**! —bromea Supermetomentodo, que ha llegado justo a tiempo para poder disfrutar de la escena.

Al poco rato aparece el **COMISARIO** Musquash y les dice:

—¡SIN VOSOTROS NUNCA LO HUBIÉRAMOS CONSEGUIDO! ¡MUY BUEN TRABAJO, SUPERHÉROES!

Mientras tanto, Mousetrong, Ratonin y el profesor De Orbitis están recuperando la carga que se ha **DESPARRAMADO** durante el accidente: el maletín con las muestras lunares se ha abierto con la caída y los valiosos minerales están esparcidos por la calle.

—¡Y éste es el último! ¡Por suerte, los hemos recuperado fácilmente! —exclama el profesor, suspirando aliviado. ¡En realidad, nadie repara en un pequeño fragmento de piedra lunar que ha ido a parar _UNOS METROS MÁS ALLÁ_!, a un sumidero que desemboca _DIRECTO DIRECTO EN_ una boca de alcantarilla, y de la alcantarilla, _BAJANDO BAJANDO BAJANDO..._ ¡llega hasta lo más profundo de las cloacas!

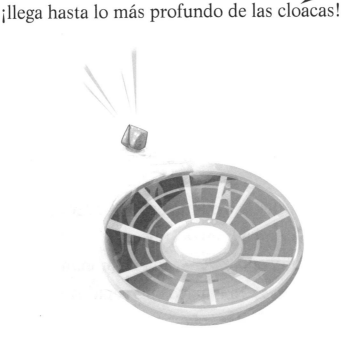

E n el sórdido subsuelo de **Muskrat City**, Blacky Bon Bon espera como de costumbre el informe de Katerino acerca de la última rata enviada a derrotar a los superhéroes. Pero en lugar de mantenerse encerrado en su despacho, esta vez el Jefe prefiere dar un paseo por las ᙢᗩᒪᗝᒪᓮᘿᑎᖶᙒᔕ calles de Putrefactum.

¡PUAJ... CUÁNTA PORQUERÍA!

—se lamenta para sus adentros—. ¡Si pudiéramos volver a vivir en la superficie!

De repente, sus orejas captan un extraño ruido, un **RUIDO** apenas perceptible que, sin embargo, cada vez suena más cercano.

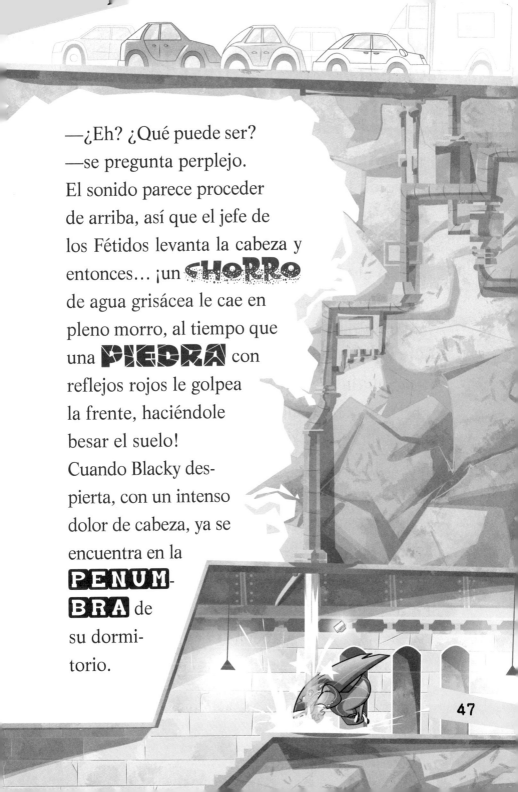

—¿Eh? ¿Qué puede ser?
—se pregunta perplejo.

El sonido parece proceder de arriba, así que el jefe de los Fétidos levanta la cabeza y entonces… ¡un **CHORRO** de agua grisácea le cae en pleno morro, al tiempo que una **PIEDRA** con reflejos rojos le golpea la frente, haciéndole besar el suelo!

Cuando Blacky despierta, con un intenso dolor de cabeza, ya se encuentra en la **PENUM-BRA** de su dormitorio.

—Ay, ay... —se lamenta, llevándose una mano a la frente—. ¿Qué me ha pasado? Una figura surge de las **SOMBRAS** y se muestra a la luz de la mesilla de noche.

—¿ERES TÚ, MI TESORO?

—pregunta la rata.

—Ejem, si usted lo desea, puede llamarme así, Jefe —responde con voz MELIFLUA el fiel Katerino.

—¡Por todas las cloacas de Putrefactum! ¿Qué haces tú aquí? ¿Y qué le ha pasado a mi cabeza? Estaba PASEANDO, y entonces...

—¡Se ha desmayado, Jefe! Eso han dicho Uno, Dos y Tres antes de traerlo aquí.

El jefe de la Banda de los Fétidos se levanta de la cama y se pone bien la chaqueta:

—¡UMPF! ¡¿Y DÓNDE ESTÁN AHORA ESOS TRES?!

—En el despacho, Jefe. También dicen que han encontrado al culpable —responde Katerino.

Mientras tanto, en el despacho de Blacky Bon Bon, **ILUMINADOS** por los reflejos de una piedra roja, Uno, Dos y Tres están situados en orden ante una silla giratoria.

—**¡VAMOS, HABLA!** ¡¿Quién te ha enviado?! —pregunta Uno con expresión amenazadora.

—¡No te conviene hacernos enfadar! ¡Podemos ser muy **MALOS** si nos lo proponemos! —exagera Dos.

—¡Así es! —añade Tres—. ¡Y nosotros no somos nada comparados con nuestro jefe, Blacky Bon Bon! ¡Él sí que da miedo!

Mientras pronuncia esas palabras, la puerta de la estancia se abre de par en par con un ruidoso y teatral

¡SBAAAM!

—¿Qué pasa aquí? —grita Blacky, haciendo rechinar los dientes.

—¡JEFE, ESTAMOS INTERROGANDO AL RESPONSABLE!

—exclama Uno.

—¡AÚN SEGUÍA EN EL ESCENARIO DEL DELITO!

—prosigue Dos.

—¡LO HEMOS TRAÍDO AQUÍ!

—concluye Tres.

Blacky cruza la sala a grandes zancadas y exclama:

—¡Buen trabajo! ¡Dejádmelo a mí!

Los tres esbirros se hacen a un lado cuando pasa su jefe: éste, con gran ESTUPOR, desplaza violentamente la butaca giratoria y se encuentra con… ¡una silla vacía! O, mejor dicho, una silla vacía sobre cuyo asiento han depositado la PIEDRA que le ha caído en la cabeza poco antes.

Blacky Bon Bon palidece.

¿EH? PERO ¿ESTO QUÉ ES?, ¿UNA BROMA?

—Qué va, Jefe… —interviene Tres—. Esta piedra es la verdadera responsable… ¡ha sido ella la que le ha atacado hace un rato!

—¡Fuera de aquí *IMMEDIATAMENTE!* —ruge Blacky—. ¡Y no aparezcáis al menos durante una semana!

Negando con la cabeza, el jefe de las ratas de cloaca se queda solo mientras cavila sobre la incompetencia de sus secuaces.

Repantigado en la MULLIDA butaca, sopesa la piedra que, tras haber recorrido las tortuosas galerías de las alcantarillas, lo ha NO-QUEADO con un golpe seco.

Blacky la observa, fascinado por sus intensos reflejos ROJOS.

—Vaya... ¡nunca había visto nada parecido! Algo me dice que esta piedra me traerá suerte...

E n Muskrat City parece haber vuelto la **CALMA**. Desde hace un par de sema-nas, nadie ha oído hablar de Blacky Bon Bon ni de su *banda*.

Es una buena noticia, en espe-cial para Tren-dy y Brando. Así, la primera puede centrar-se en sus ESTUDIOS y en los exáme-nes de fin de curso que le esperan.

Brando, por su parte, **lanzado** a toda velocidad en pleno tráfico urbano, piensa feliz: «¡Con las **Pizzas** de hoy me situaré en lo más alto de la clasificación de mensajeros más rápidos del mes! El señor Pepperoni estará orgulloso de mí... y, lo más importante, me aguarda la recompensa: **¡UN MES DE PIZZAS GRATIS! ¡HUMMM!»**

Metomentodo, en cambio, está en Ratonia, investigando el caso de una famosa autora de novelas **policíacas**, una tal Ratgatha Mystie, a la que le han robado la única copia manuscrita de su último libro. Como es de todos conocido, la autora escribe sus novelas a mano ¡y hasta la última página no acaba de decidir quién será el **CULPABLE**!

Entre los principales sospechosos de la desaparición del manuscrito se encuentra su histórica rival, Mary Rathart, una escritora de novelas en las que unas AVISPADAS señoras resuelven enigmas que ni el más astuto de los detectives sería capaz de ESCLARECER.

«¡Este caso es difícil! —piensa Metomentodo—. ¡Casi echo de menos a las ratas de cloaca!»

De todos los habitantes de la Mansión Quesoso, Copérnica es la única que no se fía de esa aparente calma.

—¡ESTO ME HUELE A CHAMUSQUINA!

—¿De verdad? —le pregunta Brando—. Yo, en cambio, siento un extraño aroma… ¿Jengibre? ¿Curry?

—¡Era una forma de hablar, Brando! —le replica Copérnica sonriente.

—¡CREO QUE BLACKY Y LOS SUYOS ESTÁN TRAMANDO ALGO TURBIO!

Sin embargo, en cuanto a la **CENA**, casi lo has adivinado, estoy preparando una sopa a base de...

—¡Alto! ¡Recuerda que cuanto más sé acerca de lo que echas en los platos, menos probabilidades hay de que me los coma! —dice Brando con una risita.

—¡En mi opinión, es **IMPOSIBLE** que digas que no a algo de comer! —bromea Trendy.

—En cualquier caso —prosigue Copérnica mientras remueve el **HUMEANTE** caldero— me gustaría mucho saber qué anda tramando Blacky Bon Bon.

La respuesta no tarda en llegar: a muchos metros por debajo de la cocina, en el corazón de la ciudad de Putrefactum, el jefe de los Fétidos está valorando con **MUCHO CUI-DADO** la situación. A su lado se encuentra el fiel Katerino:

—Comprendo que es una decisión difícil de tomar, Jefe…

—EXTREMADAMENTE DIFÍCIL

—replica Blacky—: Nuestra victoria depende de ello…

Así pues, ¿Copérnica está en lo cierto? ¿Las ratas de alcantarilla están **URDIEN-DO** un plan para hacerse con la ciudad?

—¡Qué aburrimiento, papi!… —rezonga Fiel—. ¡Cada vez que jugamos a los bolos tardas media hora en escoger la **BOLA**, y encima siempre fallas, *etcétera*!

—Pero ¡si éste es el último lanzamiento! ¡De él depende nuestra victoria! —responde Blacky con voz **SUPLICANTE**.

¡La Banda de los Fétidos está reunida al completo en el Putrefactum Bowling Stadium!

¡Por una vez, Blacky ha aparcado sus planes de conquista para dedicarse a la familia!

—¡VAMOS, CARIÑITO

—añade Mákula—, ¡deja en paz a tu padre! Una victoria le levantará la moral. Está pasando una racha un poquito difícil... ¡lo veo más **SOMBRÍO** que de costumbre!

Aunque Mákula habla en susurros, sus palabras no se le escapan a Blacky, que aún se vuelve más irritable. Coge la primera bola que encuentra y **APUNTA** al único bolo que queda en pie: para tumbarlo, el lanzamiento tendrá que ser preciso, bien calibrado. Se sitúa en el centro de la pista, toma carrerilla y lanza. ¡Y entonces, la bola adquiere una **VE- LOCIDAD** increíble y, tras fallar el bolo, se estrella contra la pared del edificio y la derriba!

Mákula, Blacky y el fiel Katerino se quedan sin **HABLA**, al igual que Uno, Dos y Tres. Fiel levanta la cabeza del periódico que está leyendo:

—Ya te he dicho que no cogieras ésa tan ligera, *etcétera*. ¿Lo ves? ¡No le has dado al BOL !
¡Hemos ganado mamá y yo!

Blacky se restriega los ojos, incrédulo.

—No era la más ligera… ¡era la más pesada! —responde ASOMBRADO.

—¡Ya te dije que te sentaría bien comer verdura, Bomboncito! —exclama Mákula sonriente.

—¡Bah! —refunfuña el Jefe mientras se afloja la corbata, dejando al descubierto un hermoso colgante que lleva prendido del cuello.

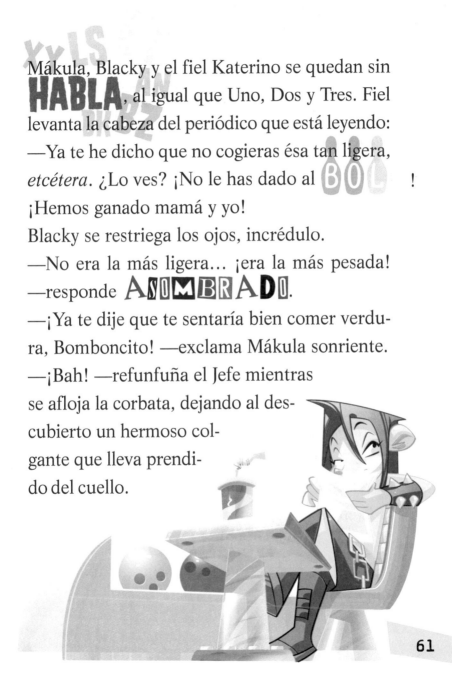

El destello rojizo de la piedra que lo golpeó tras **PRECIPITARSE** por las alcantarillas llama la atención de Fiel, que alza una ceja, intrigada.

—¡Eh, eso es una de las muestras lunares traídas por los astronautas a Muskrat City! ¡En el periódico sale la **FOTO**!

Blacky agarra el diario rápidamente y lee en voz alta:

—*«Desvelado el objetivo de la última misión a la luna. Los astronautas Mousetrong y Ratonin han recogido algunas muestras lunares para que las analicen y así poder descubrir qué secretos ocultan.»*

El jefe de los **Fétidos** no deja escapar la ocasión.

—Ejem, ¡veo que por fin lo has comprendido! ¡Tu papaíto es **MUUUCHO** más astuto de lo que parece y se ha apoderado de una de las muestras!

—¡A NOSOTROS NOS PARECE QUE...

—... LA COSA NO SUCEDIÓ...

—... EXACTAMENTE ASÍ!

—comentan Uno, Dos y Tres.

—¡Silencio! Y ahora, salgamos en seguida, hemos de ir a... a... —ordena Blacky, tratando de improvisar sin éxito.

Katerino interviene al instante:

—¡A ver a Sebocio, hemos quedado con él para que estudie los poderes de la **PIEDRA**!

—¿Hemos quedado? ¿Cuándo hemos quedado? Pero ¿de qué estás hablan…? —pregunta Blacky, un segundo antes de comprender la jugada de Katerino.

—¡Oooh, claro! ¡Hemos quedado! ¡Vamos todos a ver a Sebocio!

El jefe de los Fétidos abandona el Putrefactum Bowling Stadium con paso decidido y, ya en la calle, **ESTRUJA** la primera farola que encuentra como si fuera de papel de aluminio.

U na vez de vuelta en la Roca, Blacky y los suyos se dirigen al laboratorio de Sebocio. Cuando llegan no ven ni rastro del excéntrico científico. Entre viejos cachivaches, lavadoras rotas, piezas de bicicleta, TUBOS HERRUMBROSOS, tocadiscos estropeados, motores desmontados y otros mil objetos, Katerino distingue de repente unas lentes MULTICOLOR sobresaliendo de debajo de una hélice… ¡es Sebocio!

El científico está sepultado por una montaña de objetos que le han caído encima cuando buscaba un componente para su último INVENTO. Uno, Dos y Tres lo liberan de inmediato mientras Blacky y Fiel lo ponen al corriente.

—Pero... ¡es fantástico!
¡Podría tratarse del
mayor descubrimiento
desde la invención de la rueda!

—grita estupefacto, sin dejar de observar el mineral que el Jefe lleva colgado del cuello—. ¡Rápido, el colgante! ¡Lo analizaré en seguida!

Refunfuñando, Blacky se lo pasa a Sebocio, que lo agarra con avidez.

—¡EH, DESPACITO!

¡Y PROCURA NO RAYARLO!

—¡Creo que a esta piedra no es posible hacerle ni un rasguño! —replica el científico sin titubear.

—¡¿Qué quieres decir, cientificote **DE MI CORAZÓN**?! —pregunta Blacky.

La respuesta de Sebocio no se hace esperar:

—Jefe, este amuleto le ha dado una... **FUERZA PRODIGIOSA**, ¿no es así?

—¡La pista de bolos sin duda lo confirma! —señala Katerino.

—¡Perfecto! Ahora, escúcheme... cuando era estudiante, en la universidad circulaba una leyenda. Se decía que, hace ya mucho tiempo, en Muskrat City cayó un meteorito que contenía un **misterioso** mineral.

Katerino se ajusta las gafas:

—¿Y qué más?

—Mi teoría es que no era una leyenda… ¡Creo que fue precisamente dicho mineral el que **LIBERÓ** la energía capaz de transformar a un misterioso roedor en Master Rat, el primer superhéroe de Muskrat City!

¡EL PRIMER SUPERPELMAZO, QUERRÁS DECIR!

—replica Fiel.

—Pude confirmarlo —prosigue Sebocio inmutable— cuando aislé un fragmento del traje de **SUPERMETOMENTODO**.* El traje estaba cargado de una energía desconocida… que, según mi teoría, proviene de…

—¡Sebocio! —grita Blacky, interrumpiéndolo—. ¡¿Qué pueden importarme a mí tus teorías sobre meteoritos?! **¡Ve al grano!**

*Se refiere al libro *El misterio del traje amarillo.*

—De acuerdo, Jefe... ¡Es probable que en la luna haya yacimientos del mismo mineral! —explica el científico con los ojos brillantes.

—¡Así pues, la piedra que recogieron los astronautas podría tener superpoderes! —exclama Katerino con voz TRIUNFAL.

—A ver si lo he entendido. ¿Podrías utilizar este mineral para crear un ejército de superratas de cloaca? ¡JAR, JAR, JAR! ¡Sebocio, adelante con el análisis! ¡Yo me voy a descansar, pero esta misma noche quiero saber cómo sacarle el mayor provecho a esta PIEDRA!

Sin embargo, el científico lo detiene:

—¡Un momento, Jefe! ¡Si tiene un instante, quiero comprobar directamente y por mí mismo el poder de este mineral!

Blacky responde con un gruñido:

—¡De acuerdo, pero no nos entretengamos!

Sebocio no se lo hace repetir dos veces:

—¡Dos, ven aquí!

—¿Eh… yo? —pregunta la rata de cloaca, recelosa. Sebocio asiente y, con todas sus fuerzas, le propina un **BOFETÓN** al guardaespaldas. Pero ¡el golpe rebota en su propio cuerpo y el pobre científico empieza a dar saltos de dolor por todo el laboratorio!

—¡Eh! ¿He hecho algo mal? —pregunta Dos **TEMEROSO**.

—¡Sebocio! ¡Si quisiera divertirme, me iría al parque de atracciones! —vocifera Blacky—.

¡¿Y ahora, me quieres decir por qué no ha actuado la piedra?!

—¡No lo entiendo, Jefe! Sin embargo, usted ha derribado una pared con una sola bola de la bolera —GIMOTEA Sebocio.

—Yo siempre lo digo: ¡el Jefe es especial! —exclama Uno.

Sebocio se queda inmóvil, como si hubiese tenido una de sus iluminaciones:

—¿¿QUÉ HAS DICHO, UNO??

—Nada... ¡que el Jefe es especial!

—¿Especial? ¡Pues claro! ¡¿Cómo no lo he pensado antes?! ¡Uno, eres un genio!

Uno mira a su alrededor con cara de BOBO:

—¿Y-yo? Pero ¡¿qué he hecho?!

Sebocio lo aclara de inmediato:

—La única explicación es que este mineral sólo transmite sus poderes a quien está predispuesto a recibirlos. Por eso, únicamente unos pocos pueden convertirse en… **¡SÚPER!**

—¡Mamá siempre decía que yo era el más inteligente de los tres! —exclama Uno, satisfecho.

—**¡MIRA POR DÓNDE, ME LO DECÍA A MÍ!** —replica Dos.

—**¡ESTÁIS EQUIVOCADOS, SE REFERÍA A MÍ!** —protesta Tres.

—¡Vale ya! —corta por lo sano Blacky—. ¡Sebocio! **¡DÉJATE DE MONSERGAS!** ¡Quiero que vayas al grano! ¿¿¿Me has entendido???

—Sí, Jefe. ¡Me falta la última prueba! Pero para realizarla, necesitaría… —Y con aire circunspecto, le susurra a Blacky algo al oído, mientras le devuelve el colgante.

—¿Estás seguro? ¿Debo hacerlo realmente? ¡Será un placer!
—responde el señor de Putrefactum con una sonrisita. Y, sin pestañear, le asesta un formidable gancho de derecha a Tres, que **ASCIENDE** hasta el techo del laboratorio como en un vuelo a reacción y lo atraviesa con un siniestro

¡CRAAAAAC!

—¡Eh! ¡No sabía que Tres fuese capaz de volar! —exclama Dos, incrédulo.
Entonces Sebocio llama a Uno:
—Sé valiente, Uno. ¡Trata de golpear al Jefe lo más fuerte que puedas!

—Hum… pero… es que, la verdad, no sé si debo hacerlo… —replica el ASUSTADO guardaespaldas.

—¿Estás segurísimo de lo que haces, Sebocio? —añade Katerino, previniendo una mala reacción por parte de Blacky.

—¡UNO, HAZ LO QUE TE DIGO: GOLPÉALE CON TODAS TUS FUERZAS, AHORA QUE ESTÁ DE ESPALDAS!

Uno se acerca a Blacky Bon Bon y le asesta un golpe de artes marciales.

Pero el jefe de los Fétidos ni se inmuta. Entonces, Uno vuelve a intentarlo, redoblando la fuerza.

Ningún resultado: Blacky Bon Bon parece tan SÓLIDO como una roca.

Katerino alza una CEJA:

—Deduzco que la piedra sólo funciona cuando la lleva encima el Jefe, de modo que ya podemos decirle adiós al ejército de superratas de cloaca.

—**¡JAR, JAR, JAR!** ¡Ya no necesito un ejército de superratas! ¡No sólo soy super-fuerte, también soy indestructible! ¡Temblad, muskratenses! ¡SuperBlacky

ESTÁ LLEGANDO!

Fiel y Mákula parecen sentirse repentinamente interesadas.

—Papi, ¿así que vas a subir a Muskrat City? ¿Podrías traerme un nuevo lector mp3? ¡El que tenía se lo han ZAMPADO Elf y Burp, *etcétera*!

—Si es así, Bomboncito —añade Mákula—, ¡yo también espero un *souvenir*! Un COLLAR o un anillo estarían bien, ¡siempre que sean enormes, por supuesto!

En ese instante, Tres vuelve a atravesar el techo, se estrella contra el suelo y se da un ruidoso **GOLPE**.

Uno y Dos se miran desconcertados.

—¿No ha funcionado el aterrizaje de emergencia?

¡Grandes problemas a la vista!

I gnorantes de cuanto está sucediendo en Putrefactum, los muskratenses disfrutan de otro espléndido día de SOL. Sin embargo, una joven roedora que se ha visto obligada a quedarse en casa permanece encerrada en su habitación.

—¡Es increíble!

¡Hace apenas tres semanas estaba capturando a una de las ratas de cloaca más peligrosas jamás vistas en Muskrat City y ahora, ya ves, no puedo salir porque tengo que hacer deberes! Pues yo digo que no… ¡¿Dónde se ha visto que un superhéroe tenga que estudiar?!

¡TOC! ¡TOC!

—¡Las más altas empresas también se conquistan a base de sacrificios! —le responde una voz aguda—. ¿Puedo entrar?

Copérnica aparece con una fuente de galletas de **CHOCOLATE** y

queso fundido y un vaso de leche templada.

—¡Aquí llega la merienda! ¡Te aportará la energía necesaria para tus horas de estudio!

—MMM... ¡GRACIAS, COPÉRNICA!

¡No resulta fácil ser una buena estudiante y una superroedora a tiempo completo! A veces, es **DIFÍCIL** conciliar ambas cosas.

—¡Tienes toda la razón, Trendy, pero has sido llamada a defender esta ciudad! Recuerda siempre las palabras del Maestro Huang:

«Destino como lluvia es: el día que lavado el coche has... ¡evitar tormenta imposible es!»

—¡Cuanto más **extraños** son los proverbios del Maestro Huang, más acertados me parecen!

Entretanto, en el otro extremo de la ciudad, Brando se halla atrapado en un **EMBOTELLAMIENTO**; en el cajón del *scooter* las pizzas están a punto de enfriarse.

—¡OH, BUFFF!

—exclama, entre un bocinazo y otro—. A este paso sólo entregaré la mitad de las pizzas que debería y... ¡adiós premio!

En ese instante, su reloj de pulsera se enciende, **PROYECTANDO** en el coche de delante una **S** luminosa...

«¡Vaya, lo que me faltaba! ¡Tengo que ir corriendo a la base! Pero con este tráfico será una odisea... Mejor que avise a los otros de que llegaré tarde», piensa.

¡Grandes problemas a la vista!

Lo que Brando no puede saber es que la amenaza que se cierne sobre los superhéroes tiene el rostro de Blacky Bon Bon, que acaba de surgir de las alcantarillas para probar sus nuevos superpoderes.

—¿Cuál es nuestro objetivo, Jefe?

—pregunta Katerino, que lo sigue fielmente, como si fuese su sombra.

—¡Stellar Boulevard! —responde Blacky con un risita.

—¿S-Stellar Boulevard? ¿Y por qué razón?

—En esa calle todas las estrellas del cine y la **TELEVISIÓN** dejan su huella en el asfalto, ¿no es así?

—Hum... ¡sí!

—¡Pues bien, ahora la auténtica estrella soy yo! ¡Y quiero dejar mi sello!

¡JAR, JAR, JAR!

Blacky Bon Bon empieza a arrancar los árboles que se alinean a lo largo de la avenida y los estrella contra los escaparates de las tiendas, mientras con las garras abre una grieta en el asfalto a modo de rastro. Los muskratenses que se cruzan con él **HUYEN** aterrorizados. ¡Jamás habrían imaginado que un día de sol tan hermoso pudiese convertirse en la peor de sus pesadillas!

Frente a la maxi pantalla de la Base Secreta, Copérnica y Trendy **OBSERVAN** las

82

hazañas de Blacky a través de las secuencias que transmite el T̲E̲L̲E̲D̲I̲A̲R̲I̲O̲.

—Pero... pero... ¡no es posible! ¿Desde cuándo Blacky se ha vuelto tan fuerte? —grita Trendy consternada.

—¡PARECE... COMO SI TUVIERA SUPERPODERES!

—añade Copérnica, sin saber cuánta verdad encierran sus palabras.

Entretanto, el jefe de los Fétidos prosigue su recorrido

DESTRUCTIVO

y grita divertido:

—¡Muskratenses, huid! Las ratas de cloaca han vuelto... ¡Palabra del nuevo SuperBlacky Bon Bon!

Su voz resuena en los oídos de Trendy y de Copérnica, que siguen mirando fijamente el monitor con **PERPLEJIDAD**, hasta que por fin Metomentodo llega a la Base Secreta a bordo de la Esfera Supersónica.

—¡Ya estoy aquí! A ver, ¡¿de qué amenaza se trata esta vez?! ¿**MONSTRUOS** de lava? ¿Dragones voladores? ¿Ejércitos de ratas de alcantarilla? —exclama el investigador, que aún ignora los nuevos acontecimientos. Pero tras una breve explicación, Metomentodo también se queda sin palabras.

—¡VAYAVAYAVAYA!

¡Será mejor ponerse en marcha! ¿Dónde está Brando? —pregunta intranquilo—. Sin él, el equipo no está al completo.

—¡Está atrapado en un **ATASCO**! —responde Copérnica, que acaba de recibir la llamada del superrepartidor.

—Adelantémonos nosotros —propone Trendy.

Metomentodo no está de acuerdo, pero tras una rápida **EVALUACIÓN**, se ve obligado a transigir:

—¡Umpf! De acuerdo… ¡Esperemos que Brando nos alcance a tiempo!

—¡Según el informativo, Blacky Bon Bon está acercándose a Stellar Boulevard! —dice Copérnica, para ponerlo al corriente.

COPÉRNICA, ¿ESTÁ LISTA MI ARMA?

—pregunta Yo-Yo.

—Por supuesto, querida; ¡me he tomado la libertad de introducir alguna pequeña **MODIFI-CACIÓN**!

—¿Modificación? —pregunta la roedora.

—¡Sí! ¡He reforzado tu **YOYÓ** con una aleación

especial de titanio que lo hace más rápido, más preciso y más resistente! ¡Nadie será capaz de destruirlo!

—¡Guau! ¡Fantástico... eres la mejor cocinera-científica del mundo!

—Oh, bueno, gracias... —responde Copérnica, roja de vergüenza—. Pero ahora tenéis que marcharos, ¡Muskrat City os necesita!

A los pocos segundos, Supermetomentodo está sobrevolando el límpido cielo de Muskrat City, mientras Yo-Yo *SE DESPLAZA* a toda velocidad sobre sus patines.

Mientras tanto, Blacky Bon Bon ha alcanzado su objetivo, Stellar Boulevard, ahuyentando en tropel a los aterrorizados muskratenses.

—¡Nunca me había sentido tan fuerte, Katerino! ¡Mira cómo *HUYEN* ante mi presencia!

—¡Bueno, yo diría más bien que están asustados! —responde Katerino con sarcasmo—.
¡En cuanto hayas dejado tu huella, te aconsejo
que cortes la CUERDA, Jefe! ¡Conoz-
co a los superpelmazos, y no tardarán en dejar-
se ver!

—¡Que vengan, no me dan ningún miedo!

—¡Pues te daremos ese gusto, Blacky Bon Bon!
—exclama Supermetomentodo, apostado en el
tejado del Mouse Theater.

—¡También he venido yo! —añade Yo-Yo.

—¡Bien! —dice Blacky—. ¡Y como será un

ENFRENTAMIENTO
MEMORABLE,

quiero dejar una huella imperecedera de este
acontecimiento!

Y dicho esto, levanta las patas al cielo y luego las
baja, golpeando con fuerza el ASFALTO,
justo en la acera donde están grabados los nom-
bres de las estrellas de cine.

El asfalto se resquebraja y se abre un profundo abismo. Supermetomentodo se tambalea con la sacudida, pierde el equilibrio y **CAE** del tejado del teatro.

—¡O-oh, necesitamos una idea que nos permita aterrizar sanos y salvos, superjefe!

—¡Ya lo sé, *TRAJE*! Modalidad… hum… modalidad…

—¡Rápido, superjefe, o acabaremos convertidos en mermelada de superhéroe!

—¿Eh, **MERMELADA**?

¡Pues claro! ¡Modalidad Mermelada!

Nuestro héroe cae al suelo con un sonoro **¡SPLATCH!** al tiempo que una extraña mancha *AMARiLLA* se desparrama sobre el asfalto.

—¡Nooo! ¡¡¡Supermetomentodo!!!
—grita Yo-Yo.

Pero al cabo de unos segundos, la mancha vuelve a adquirir forma: ¡Supermetomentodo está sano y salvo!

—¡Por los pelos! ¡Gracias, traje, muy buena, tu sugerencia!

¡CLAP! ¡CLAP!

Blacky aplaude a su adversario con una mueca burlona estampada en la cara.

—¡No ha estado mal, SUPERPEL-MAZO! Pero ¡me pregunto si la próxima vez tendrás tanta suerte!

—Eso ya lo veremos, pero hasta entonces, si quieres, puedes meterte conmigo... —lo interrumpe Yo-Yo.

¡Piérdete, mocosa! ¡Tengo una ciudad por conquistar!

—responde el jefe de los Fétidos.

—¿Estás completamente seguro?

Y dicho esto, Yo-Yo lanza su arma contra el pérfido Blacky, empieza a girarla a su alrededor y ¡lo ata como un asado!

—¡Muy buen trabajo, Yo-Yo! —dice Supermetomentodo, eufórico.

—¡Lo hemos atrapado!

¡Blacky contrataca!

Impasible, Blacky Bon Bon mira a su alrededor y, con un gesto, le indica a Katerino que no pasa nada. Al momento, estalla en una de sus habituales carcajadas:

—¡JAR, JAR, JAR! ¿Eso es todo lo que sabéis hacer, superratones?

Y con una rápida sacudida se libera del CABLE metálico del yoyó.

La superroedora de rosa se queda de piedra.

—¡ESTO NO TENÍA QUE PASAR!

—exclama Supermetomentodo.

Veloz como una flecha, el jefe de los Fétidos agarra una de las palmeras que bordean la acera y se la **ARROJA** a Yo-Yo con una fuerza inaudita.

Supermetomentodo grita en vano:

—¡¡¡CUIDADO, YO-YO, APÁRTATE!!!

La superroedora apenas tiene tiempo de cerrar los ojos, preparándose para lo peor, cuando de pronto algo se **INTERPONE** entre ella y la inminente amenaza.

... ME ECHÁBAIS DE MENOS, ¿¿A QUE SÍ?!

EEEEK

EEE EK

SKREEEEK

¡EH! ¡YO TAMBIÉN ESTOY AQUÍ, SUPERHÉROES!

¡¡¡GRRR, ACERCAOS, SUPERPELMAZOS!!!

—Ejem, Jefe... ¡la prueba ha funcionado! Y ahora sugiero que nos vayamos pitando —propone Katerino con voz susurrante.

A Blacky le brillan los **OJOS**: ahora sus enemigos lo tienen rodeado.

—¿Sabes, Katerino?, estaba pensando que una rata insigne siempre sabe cuándo hay que abandonar la escena...

¡Y dicho esto, golpea el asfalto y provoca una terrible **sacudida**! Una nueva brecha se abre en el suelo, corre en dirección a los superhéroes y se ramifica en un sinfín de grietas más pequeñas.

¡VOSOTROS OCUPAOS DE SALVAR A LOS VIANDANTES!

—les ordena Lady Blue a Yo-Yo y a Magnum—. ¡Yo me encargo de Supermetomentodo!

La roedora rubia se lanza en pos del superhéroe, que sigue echado en el suelo.

—¡AY, AY... MI CABEZA! ¿¿QUÉ ME HA PASADO?!

—pregunta el superhéroe de amarillo, aún bastante atontado.

—Hum… Digamos que has tenido un encuentro **PRÓXIMO**… con el puño de Blacky. Y ahora tranquilízate, voy a ayudarte.

El aturdido superhéroe se pone en manos de su adorada Lady Blue

que lo ayuda a incorporarse y lo arrastra lejos de la **GRIETA** que se ha abierto en el asfalto.

Entretanto, Blacky y Katerino han aprovechado la confusión para esfumarse.

La **POLICÍA** rodea la zona y forma un cordón para impedir el paso a los curiosos. Protegidos de las miradas de la multitud, los superhéroes cambian impresiones con el comisario Musquash.

–¡¿ALGUIEN TIENE IDEA DE LO QUE HA PASADO?!

¿Desde cuándo Blacky Bon Bon se ha vuelto tan fuerte? ¡Yo no lo recordaba así! —comenta con gesto **PREOCUPADO** el jefe de las fuerzas de defensa de Muskrat City.

En el grupo se hace el silencio.

Tras un largo instante, Lady Blue toma la palabra:

—El comisario tiene razón: ¡Blacky es el enemigo número uno de **Muskrat City**, pero nunca ha sido tan fuerte, ni tan resistente!

-¡TENEMOS QUE DETENERLO A TODA COSTA!

—añade Yo-Yo, decidida—. Recordad… ¡no hay nada imposible para los superhéroes!

El entusiasmo de la joven superroedora no parece contagiar a Magnum que, tras observar la **HENDIDURA** que atraviesa Stellar Boulevard, masculla a media voz:

—Ojala sea así… pero ¡esta vez, derrotarlo va a ser toda una proeza!

En ese mismo instante, en el camino de regreso a Putrefactum, un triunfal Blacky no cesa de revivir los momentos que acaba de protagonizar en la superficie.

—Katerino, ¿has visto cuando he ARRANCADO ese árbol? ¿Eh? ¿Lo has visto bien?

—¡Ya lo creo, Jefe! ¡Realmente un golpe maestro…! —responde Katerino, con un sutil matiz de FASTIDIO en la voz.

—¡Ah, grandioso, fantástico, deslumbrante!

Katerino sacude **NERVIOSO** la cabeza y sigue caminando, mientras Blacky, vanidoso y feliz prosigue con su historia.

—¡Imagínate cuando se lo cuente a Mákula! ¡Se sentirá orgullosa de mí!

A PROPÓSITO, JEFE...

—señala Katerino—: ¿La señora Bon Bon no esperaba una joya?

Blacky se pone pálido de golpe y la **alegría** de unos instantes atrás se le desvanece.

—¡Tienes razón, Katerino… me he olvidado! ¿Y ahora, qué?

A modo de respuesta, el taimado ayudante le SUSURRAA unas palabras al oído. Y, de pronto, Blacky parece sentirse aliviado.

Cae la noche

Las **SOMBRAS DE LA NOCHE** se extienden sobre Muskrat City y unas delgadas nubes de color rosa coronan la Mansión Quesoso donde, sumido en un preocupante silencio, Metomentodo se aplica una bolsa de hielo sobre el **CHICHÓN** causado por el golpe de Blacky Bon Bon.

Brando y Trendy están sentados a su lado, mientras en la televisión retransmiten las imágenes de la tarde. En la pantalla del televisor, Blacky aún parece más **ESPANTOSO** que en persona.

—¿HABÉIS VISTO CÓMO ME MIRABA?

—les pregunta Metomentodo a sus primos, que no pueden apartar la vista de la pantalla.

—Ya… ¡realmente terrible! —responde Brando, mientras **MORDISQUEA** una galleta.

—¿Terrible? Yo diría más bien… ¡encantadora! —replica Metomentodo.

Al oír las palabras de su primo, Brando casi se **ATRAGANTA**:

—¡Gasp! Pero ¡¿qué dices?! Nunca olvidaré esos ojos tan… tan…

—… sí, ¡tan dulces, tan románticos! De un **Azul**… ¡tan **Azulado**! —prosigue Metomentodo.

—¡Me parece que el golpe en la cabeza es más grave de lo que pensábamos! —balbucea Brando—. ¡Esta vez, Blacky se ha **PASADO**!

—¿Blacky? ¿Quién está hablando de Blacky? ¡Me refería a Lady Blue! —suspira Metomentodo repantigado en el sofá.

¡¡¡A la mesaaaaa!!!

—grita Copérnica desde la cocina—. ¡Brando, cuántas veces te he dicho que no comas galletas antes de cenar, que te quitan el apetito!

La cocinera-científica **MIRA** con fastidio el paquete de galletas que el roedor aún tiene en la mano.

—¡Tienes razón, Copérnica! Pero después del desafío de hoy necesitaba un poco de… dulzura.

—Y, desde luego…, ¡hace falta mucho más que eso para quitarle el apetito! —añade Trendy en tono JOCOSO.

—Entonces… ¿alguien tiene alguna idea de cómo Blacky ha podido volverse tan **FUER-TE**? —pregunta Metomentodo, libre ya de sus pensamientos románticos.

La **MIRADA** de Copérnica se pierde más allá de la ventana, pero al cabo de un momento recupera su vivacidad:

—¡Neutrinos y macarrones! Lo único que se me ocurre es que sea cosa de ese científico que trabaja para él. Sebocio ¡debe de haber inventado algún artilugio que desconocemos!

-¡UN ARTILUGIO QUE VUELVE INVULNERABLE A BLACKY!

—precisa Brando.

—¡Ahí te equivocas! —lo contradice la cocinera-científica.

—¿Qué quieres decir, Coperniquita? —pregunta Metomentodo.

—¡Que nadie es invulnerable! Todo el mundo tiene un punto débil. Como dice el Maestro Huang: «¡Punto débil como pieza de puzle que falta es... para encontrarlo, en el lugar adecuado buscar debes!»

—¡El Maestro Huang tiene razón! ¡Estoy segura de que Blacky también tiene un punto débil, sólo debemos averiguar cuál es! —grita Trendy.

—¡Exacto! ¡En el próximo enfrentamiento, esa **rata de cloaca** tendrá lo que se merece!

—Me gustaría saber cuál será su próximo movimiento... —añade Metomentodo, pensativo.

En ese mismo momento, **MUCHOS METROS MÁS ABAJO**, Blacky Bon Bon hace su entrada triunfal en Putrefactum.

—¿No hay nadie? —llama con voz ronca.

Mákula lo recibe con una sonrisa radiante y le dice, coqueta:

—Por tu voz, deduzco que todo **HA iDO BiEN**, ¿no es así, Bomboncito mío?

—¡Tendrías que haberme visto! He estado... he estado... —Blacky se interrumpe de golpe. En realidad, Mákula no parece prestarle mucha atención. Levanta el brazo con **ARROGANCIA** y le planta la mano ante las narices.

—¿Y bien? ¿A qué esperas para darme el anillo de diamantes que me prometiste?

—le pregunta sin rodeos.

Las esperanzas de que Mákula se hubiese olvidado de ese detalle se desvanecen de golpe. Blacky se **SONROJA**, abrumado, y empieza a balbucear tímidamente:

—Hum... hum... ¡aquí lo tienes!

Y sin decir nada más, coloca un anillo muy **«ESPECIAL»** en el dedo de su esposa.

La expresión de Mákula cambia y, al ver el regalo del marido, abre los ojos como **PLA-TOS** y grita:

—PERO... ¡¿QUÉ ES ESTE HORROR?!

—Es... ¡el anillo que me habías pedido!

—¿Quééé? ¡Esto es... un horripilante aro de cebolla! **¡Quítamelo en seguidaaa!**

Refunfuñando, Blacky se refugia en su despacho para escapar de la escenita de Mákula:

«No se dará cuenta —le había dicho el fiel Katerino—. ¡En el fondo, lo que realmente impor-

ta es el detalle! —había insistido—. Y ¡menudo papelón!»

—¡Para una vez que vuelvo con **BUE-NAS NOTICIAS**...!

Fiel está sentada encima del escritorio, frente a la pantalla mural del ORDENADOR:

—¡Papaíto! ¡El mundo habla de ti, *etcétera*! ¡Acabo de ver en You Ratube el famoso vídeo de tu hazaña en Stellar Boulevard! Dicen que ha sido el **ATAQUE MÁS GRANDE** perpetrado por ratas de los últimos tiempos, *etcétera*.

El pecho de Blacky se **HiNCHA** de orgullo… pero al momento el jefe recupera la compostura: ¡un verdadero líder no puede permitirse debilidades!

—¿L-lo di-dices en serio? ¡Pues ya verás! ¡Esto sólo es el principio! ¡Tengo en mente planes **grandiosos**! Uno de mis informadores me ha dicho que mañana el furgón blindado del Ratzional Bank transportará un cargamento «especial»… y ¡¿**ADIVINA** quién estará esperándolo fuera del banco?!

—¡Guau, papi! ¡Estoy orgullosa de ti, *etcétera*! —responde Fiel—. Pero ¡se ha hecho tarde! ¡Voy a darles de comer a mis plantas carnívoras!

Blacky se queda solo. Mira el colgante que lo ha vuelto tan **PODEROSO** y de pronto nota que está extenuado de cansancio. ¡Puede que sea superfuerte, pero no es incansable! Se deja caer en la butaca, vencido por el peso del agotamiento.

«¡Cuando vuelva a encontrarme con los superhéroes estaré pletórico de fuerzas y entonces no fallaré!»

Y con esos pensamientos rondándole la cabeza, el jefe de los Fétidos se queda profundamente dormido…

Cara a cara

C omo todas las mañanas, Trendy está en la escuela y Brando acaba de llegar a la pizzería, listo para empezar su ruta de entregas. Metomentodo, en cambio, ha decidido utilizar sus dotes de **INVESTIGADOR** y está recopilando información en el puerto de Muskrat City. Entre las ratas de cloaca que frecuentan la zona crecen los rumores: algunos sostienen que Blacky ha obtenido su **NUEVA FUERZA** gracias a una misteriosa poción.

Mientras tanto, un pequeño furgón **BLINDADO** se detiene delante del Ratzional Bank y dos guardias jurados salen de su interior. Suben ágiles la escalera de entrada del banco y, al cabo de unos segundos, vuelven a bajarla con cuatro sacas cada uno. ¡Cuatro sacas llenas de dinero!

Los dos agentes miran a su alrededor circunspectos: todo parece tranquilo, de modo que se dirigen al furgón y **ARRANCAN**.

Pero unos metros más adelante, un coche de color violeta con una gran barrena en el capó les corta el paso.

¡SCRIIIIIIIIK!

El brusco frenazo hace derrapar el pequeño furgón **PELIGROSAMENTE**.

—¡Eh! ¡¿Se puede saber qué haces?! —grita uno de los guardias, asomándose por la ventanilla.

Pero en el otro coche nadie responde: durante unos segundos todo permanece inmóvil. Y entonces, lentamente, la ventanilla del conductor desciende y aparece el morro de una rata de cloaca de pelaje lustroso, que esboza una **sonrisa** torcida: ¡es Katerino!

Con voz indiferente, ordena a los guardias:

—¡Bajad y cargad en el coche todo el dinero que acabáis de **RETIRAR**!

Como era de esperar, los dos guardias jurados se tronchan de risa:

—¡No cuentes con ello, rateja de mala muerte! ¡Este transporte es muchísimo más seguro que una caja fuerte! ¡Las paredes son a prueba de **BOMBAS**!

Impasible, Katerino vuelve a subir la ventanilla sin decir nada.

Entonces, con una **AMENAZADORA** sonrisa, Blacky Bon Bon baja del coche.

—¡Muy bien! ¡Lo hemos intentado por las buenas, pero en vista de que rechazáis nuestra invitación, lo haremos por las malas!

Y con un movimiento preciso y fulminante parte el furgón en dos.

¡¡IKLANG!!!

—¡Eh! P-pero qué… —grita muy alarmado uno de los guardias—. ¡No puede ser, el furgón es de **ACERO** de 10 cm de espesor!

—¡Demasiado poco para mi gusto! —responde Blacky con ironía—. Tendréis que reforzarlo… ¡la próxima vez!

Y con una sola pata **COMPRIME** las portezuelas y deja encerrados en el interior a los dos guardias, que se miran impotentes.

En pocos segundos, ayudado por Uno, Dos y Tres, el señor de Putrefactum carga todo el dinero del banco en el maletero del ██████.
—Caballeros, si me disculpan, tengo un poco de dinero en metálico que depositar… ¡en mi banco!

—¡JAR, JAR, JAR!

El Perforamóvil se aleja del lugar del asalto haciendo chirriar las ruedas. En pocos minutos, Blacky y los suyos llegan al puerto, donde tienen uno de sus escondites ███████, el almacén de La Gamba Ratonera, una taberna frecuentada por los sujetos más siniestros de la ciudad.

Metomentodo se encuentra justamente allí delante y ve la limusina color violeta aparcada en la parte trasera.

—¡Por mil bananas espaciales! Conozco muy bien ese coche…

Cuando ve que Blacky baja del automóvil con aire triunfal, comprende que debe entrar en **ACCIÓN**.

«¡Menos mal que me he traído el traje!», piensa, mientras se quita la mochila **AMARILLA** que llevaba sobre la gabardina.

Al cabo de poco, Supermetomentodo está apostado en la azotea, frente a la taberna. El antifaz se ha transformado en unos **BINOCULARES** con los que controla los movimientos de Blacky.

—*Ejem, superjefe…* —empieza a decir el traje—, *¿no sería mejor avisar a los demás? Enfrentarse en solitario al enemigo se ha vuelto, hum… ¡un poco arriesgado!*

—Tienes razón, traje…, pero ¡a juzgar por aquellas sacas, Blacky ya ha atacado! Tengo que actuar inmediatamente, ¡antes de que se me vuelva a escapar!

Mientras tanto, el jefe de los Fétidos ha desaparecido en el interior de La Gamba Ratonera
y Katerino está esperando junto al coche a que
Uno, Dos y Tres terminen de OCUL-
TAR el botín en el almacén.

—¿Ya habéis acabado?
¡El jefe quiere ir a por
más dinero!

—vocifera Katerino.
Pero en el almacén nadie
responde.

Katerino entra con paso INSEGURO en el depósito, no ve a nadie y exclama:

—Pero ¡¿dónde os habéis metido?!

—¿ESTÁS BUSCANDO A ÉSTOS?

La rata de cloaca se vuelve de golpe y ve a Supermetomentodo con las sacas robadas a la espalda.

—Uno, Dos y Tres, por su parte, están tendidos en el suelo.

—¡Esto no tenía que pasar! —musita Katerino entre dientes, mientras retrocede hasta que su espalda topa con algo muy duro.

¡STOONK!

¿Una pared? ¿Una columna? ¿Una plancha? No… es Blacky Bon Bon, que se dirige directamente hacia Supermetomentodo en actitud muy desafiante.

—¡Volvemos a vernos, superpelmazo!

En el almacén se hace un silencio sepulcral; es la calma que precede a la tempestad. El jefe de los Fétidos está a punto de descargar uno de sus letales derechazos, cuando a Supermetomentodo le llega la inspiración.

—¡TRAJE! ¡MODALIDAD ESPONJA!

El superhéroe se transforma en una esponja gigante y amortigua el golpe sin problemas.

—Y AHORA... ¡MODALIDAD CEMENTO

Los guantes de Supermetomentodo, convertidos en pesados bloques de cemento, envían a Blacky al otro extremo del almacén.

Pero la rata de alcantarilla vuelve a incorporarse con rapidez:

—¡Buena jugada, Supermetomentodo! ¡Y ahora, basta de bromas!

123

E ntretanto, muy lejos del lugar del intrincado **COMBATE**, Trendy acaba de empezar la clase de ciencias.

El profesor Cornelius Bunsen parece eufórico, a pesar de que en la escuela todos lo consideran uno de los maestros más aburridos.

QUERIDOS niños... ¡HOY ES UN GRAN DÍA!

—proclama entusiasmado—. ¡¿Alguien sabría decirme por qué?!

La clase **MURMURA** sorprendida.

—¿Porque mañana es fiesta? —dice un estudiante, provocando las risas de sus compañeros.

—A algunos les convendría que la escuela no terminase nunca —le replica el profesor en el mismo tono—. No, hoy es un gran día porque el Museo de **ASTRONOMÍA** abrirá una nueva ala, donde exhibirá… ¡esto!

Con gesto teatral, Bunsen muestra a la clase la PORTADA del nuevo número de la revista *Ratones en las Estrellas*, donde aparecen destacadas y con gran detalle las muestras lunares que trajeron a la tierra Mousetrong y Ratonin. Al ver la revista, Trendy casi da un brinco por la sorpresa.

«¿Eh? Yo ya he visto esas piedras… pero ¿dónde?»
—se pregunta. El profesor sigue explicando e informa a los alumnos

de que al día siguiente los astronautas y el director del **MUSEO** darán una rueda de prensa abierta al público, durante la cual explicarán su misión en la **LUNA**.

«¡Ahora me acuerdo! —cae en la cuenta, entusiasmada—. Yo ya vi una de esas piedras... ¡cuando me enfrenté a Blacky! ¡Llevaba un colgante idéntico a los minerales lunares! ¡¿Podría ser una de esas muestras?! ¡Tengo que ir **CORRIENDO** a la base y avisar a los demás!» A continuación, levanta la mano.

—EJEM...

PERDONE, PROFESOR,

¿PUEDO IR AL

SERVICIO?

Bunsen suspira:

—Y yo que esperaba alguna pregunta sobre minerales…

Trendy corre a los servicios con un objetivo muy claro:

¡ACTIVAR SU DOBLE SPLITQUESOSO!

La superroedora se saca con determinación la barrita de color rosa del bolsillo y observa cómo la **gota gigante** contenida en el SplitQuesoso cae al suelo y se modela formando rápidamente una copia de sí misma, idéntica en todo… salvo por la expresión bobalicona del rostro y los movimientos más bien RÍGIDOS.

—¡Sobre todo —le dice Trendy a su doble—, presta atención y no dejes de hacer preguntas! Tras lo cual, se *PRECIPITA* fuera de la escuela en dirección a la Mansión Quesoso.

Al otro extremo de la ciudad, Supermetomentodo todavía sigue enfrentándose a la fuerza **DESTRUCTORA** del jefe de las ratas de cloaca.

Nuestro héroe se oculta tras unas grandes cajas de madera para recuperar el aliento y decidir qué hacer.

—¡Pito, pito, esto se pone complicadito!

—exclama el traje.

—¡Chissst, traje, ¿acaso quieres que me descubra?!

Unos siniestros crujidos alertan al héroe de amarillo de que Blacky se está acercando.

—¡Vamos, Supermetomentodo! ¿No tendrás miedo de luchar, verdad?

—¡Tienes razón, superjefe, ocultarse no resulta muy heroico! —añade el traje.

—Hum, ¡No estoy es-
condido! ¡Estoy aguardando
el próximo movimiento del enemigo en un
lugar **MUY MUY MUY** seguro!
Pero el repentino timbrazo del teléfono descubre el refugio del héroe.

¡RIIIIING! ¡RIIIIING!

—*¡Superjefe, es para ti!*

¡RIIIIING! ¡RIIIIING!

—¡Vale, vale! ¿Diga?
—¡Primito! ¡Soy Trendy! ¡Tengo importantes
noticias!

—¡Por mil bananas cósmicas!

—¡Creo que he descubierto el origen de los SUPERPODERES de Blacky! ¡Ven a la Base Secreta! ¡Te esperamos aquí!

Trendy cuelga sin darle tiempo a replicar. El héroe se siente aliviado por la noticia, pero repara en que se ha hecho un EXTRAÑO SILENCIO a su alrededor.

—¿Dónde se habrá metido…?

¡¡¡SKRAAAAAAASH!!!

Las **CAJAS** de madera que lo protegían saltan en mil pedazos y tiene que dar un gran *SALTO ACROBÁTICO* para no quedar atrapado bajo los fragmentos de madera.

—¡Por fin te he encontrado, supergallina! —grita Blacky.

Supermetomentodo se aleja rápidamente y entonces se fija en un bote de **COLA** de secado rápido que hay en un rincón.

—¡Tengo una idea! —exclama.

Se esconde tras una columna para poder pillar por sorpresa a su adversario.

—¡NO PODRÁS HUIR SIEMPRE!

—exclama el jefe de los Fétidos.

—¡En realidad no huyo, estoy justo aquí!

A Blacky apenas le da tiempo de volverse y poner los **OJOS** bizcos, cuando un potente chorro lo arrastra, lanzándolo contra la pared que hay a su espalda.

Sin darse cuenta, el jefe de las ratas de cloaca acaba pegado a la pared.

—DIME, ¿QUÉ TE HA PARECIDO ESTO?

—pregunta risueño Supermetomentodo—. Me gustaría quedarme a jugar un poco más contigo, pero se ha hecho tarde y debo **MAR-CHARME**.

Unos segundos después, Supermetomentodo sobrevuela los rascacielos de Muskrat City en **MODALIDAD ALA DELTA**, directo a la Base Secreta. Entretanto, Blacky, pegado a la pared, grita:

—¡KATERINOOOO!
¡¡¡KATERINOOOO!!!

¡¿Por qué no estás nunca cuando te necesito?!

—¡Jefe, estoy aquí! —responde el ayudante, que se había refugiado en el Perforamóvil mientras duraba la lucha.

¡ESPECIE DE COMEDOR DE BASURA TRAICIONERO, AYÚDAME A BAJAR DE AQUÍ!

—Pero con los superpoderes… ¡no le tendría que suponer ningún problema liberarse!

—En efecto, pero ¡me **CARGARÍA** el traje! ¡Y ahora, déjate de historias y busca el modo de despegarme de aquí…! Y, por lo que más quieras, ¡ten cuidado!

E n la Mansión Quesoso reina una gran agitación: Trendy ha convocado a Copérnica y a sus primos en el salón para ponerlos al corriente de las novedades.

Brando es el más **IMPACIENTE**:

—¡Vamos, cuéntanos! ¡¿Qué has descubierto?!

—¡Es increíble! ¡Esta mañana, en clase de ciencias, nuestro profesor nos ha enseñado esto! —explica Trendy mientras les muestra una copia de ***RATONES EN LAS ESTRELLAS***.

—¿Eh? ¿Y qué pinta esta revista en todo esto? —pregunta perplejo Supermetomentodo.

—¿No veis nada RARO en esta portada?

—¡Sí, que ese tal Mousetrong es un tipo fascinante! —deja caer Copérnica.

—¡Copérnica! —la regaña Brando.

—¡Oye, qué quieres que te diga, quien es atractivo, **es atractivo**!

—A mí más bien me resulta… ¡familiar! —añade Supermetomentodo, desconcertado.

Yo-Yo, **iMPACiENTE**, tose para reclamar la atención de los allí reunidos.

—¡Olvidaos de Mousetrong! ¡¿No notáis nada **ESPECIAL** en esta portada?!

Todos los presentes entornan los ojos, esforzándose por adivinar a qué se refiere la roedora.

—Hum… ¿las piedras? —aventura Brando.

—¡ACERTASTE, PRIMITO!

¡Ya habíamos visto una de estas piedras! A ver si lo recordáis…

De repente, Supermetomentodo lo ve todo muy claro.

—¡Blacky Bon Bon! —exclama triunfal.

—¡Exacto! ¡Cuando luchamos en Stellar Boulevard, llevaba colgada una **PIEDRA** idéntica a éstas! Nunca antes se la había visto... y,
mira por dónde, ¡ha aparecido al mismo tiempo
que sus **NUEVOS PODERES**!
Copérnica se concentra en la foto de la revista:
—Hummm, ahora que lo pienso, esa piedra me
recuerda algo... ese color rojo... ¡pues claro,
mi abuelo Tycho lo menciona en sus notas!

—¡¿QUÉÉÉÉÉÉÉÉÉÉ?!

—exclama Supermetomentodo, saltando lite-
ralmente del sofá.
Copérnica sigue con su explicación:
—Ya os he hablado de las investigaciones de
mi abuelo sobre el origen de los **SUPER-
PODERES** de Master Rat, ¿os acordáis?* Entre las muchas hipótesis barajadas,

*Se refiere al libro *La invasión de los monstruos gigantes.*

136

figura la del meteorito que cayó en Muskrat City… Mi abuelo recogió algún fragmento y empezó a analizarlo. Sin embargo, **POR DES- GRACIA** para nosotros, el diario se interrumpió bruscamente sin desvelar cuáles fueron los resultados de sus estudios.

—Y, en tu opinión, **¿ESA TEORÍA SE SOSTIENE?** —pregunta Trendy.

Copérnica asiente con un gesto:

—Existen bastantes probabilidades. Puede que fuera ese **METEORITO** en concreto el que convirtiese a mi antepasado en el superhéroe Master Rat… Y es posible que ese mismo mineral se halle en la luna… ¡de donde Mousetrong extrajo las muestras fotografiadas en la revista!

—¡Y ahora, una de esas piedras ha ido a parar

al cuello de Blacky Bon Bon, y lo ha hecho superfuerte! —infiere Brando.

—¡Sólo hay un modo de demostrar si tengo o no tengo razón...!

—prosigue Copérnica—: ¡Ir al Museo de Astronomía y analizar las piedras lunares!
—¡EN EFECTO! ¡La próxima vez que
aparezca Blacky, estaremos preparados para
hacerle frente! —exclama Trendy.

—Hum... a decir verdad... —la interrumpe
Supermetomentodo—.

¡BLACKY YA HA VUELTO A LA SUPERFICIE!

—¡Qué quieres decir, primito?

—¡Cuando me llamaste, me estaba enfrentando
a él! Me hallaba en el puerto buscando información cuando de pronto he visto el Perforamóvil...

He logrado neutralizarlo provisionalmente, pero no sé cuánto tiempo tardará en volver al ataque.

—¡VAMOS, TENÉIS QUE IR EN SEGUIDA AL MUSEO!

—exclama Copérnica.

Y los tres superroedores se **PRECIPITAN** hacia el Museo de Astronomía, donde el director, el profesor De Orbitis, los recibe sorprendido.

—¿Qué buen viento os trae hasta aquí, superhéroes? —los saluda el roedor.

—¡UN VIENTO DE TORMENTA!

—responde Supermetomentodo, mientras le estrecha la mano al profesor—. ¡Sospechamos que alguien ha robado una de las muestras lunares!

¡¿ROBADO?! PERO... ¡ES IMPOSIBLE!

No se han movido de aquí, desde que las transportamos de la base aeroespacial...

—Hum, trate de recordar, profesor. ¿Se ha producido algún hecho extraño en el museo? ¿Alguna RATA DE CLOACA ha tratado de acercarse a las muestras?

—Únicamente un ACCIDENTE que tuvimos durante el transporte; el maletín que las contenía se abrió en medio de la calle... ¿No os acordáis? ¡Vosotros también intervinisteis!

—¡Bananas espaciales! ¡Allí fue donde vi a Mousetrong! ¡Él era quien conducía la furgoneta! —exclama Supermetomentodo.

—Durante la colisión debió de perderse un **FRAGMENTO** de piedra lunar y llegó, quién sabe cómo, hasta Blacky Bon Bon —concluye Yo-Yo, pensativa.

COMPRENDO... PERO ¡AHORA VENID CONMIGO!

Los tres siguen al profesor hasta una sala semicircular. En el techo, que reproduce fielmente la bóveda celeste, se ven los planetas del **SISTEMA SOLAR**.

—Cada planeta y cada estrella —explica el director— se corresponde exactamente con los de la bóveda celeste. Pero ¡aún falta lo **MEJOR**! Sin dejar de mirar hacia arriba, los paladines de Muskrat City siguen a De Orbitis...

¡¡¡GUAU!!!
¡BIENVENIDOS A LA LUNA!
¡POR FAVOR, SEGUIDME!
¡LOS FRAGMENTOS ESTÁN AQUÍ!
CLIK

De Orbitis desactiva las alarmas con mucho cuidado y la vitrina de cristal se eleva. Del cinturón del traje de Supermetomentodo surge un extraño ARTEFACTO, un cómico cruce entre un teléfono y una narizota, que empieza a olfatear las muestras de PIEDRA lunar.

144

—Copérnica ha dicho que el olfatómetro debería reconocer el mineral de donde proceden los **SUPERPODERES**...

Durante unos segundos no sucede nada, pero de pronto se oye un **¡BIIP!**, y después otro **¡BIIP!** y, finalmente, otro **¡BIIP!**

—¡Bananas lunares! ¡Se ha activado! ¡Copérnica tiene razón, las piedras están hechas del mismo mineral que el meteorito!

—¡Entonces, para derrotar a Blacky bastará con arrebatarle el colgante!

—exclama Magnum.

—¡Calma, supercolega! —lo frena Trendy—. No será tarea fácil... ¡sigue tratándose de **SuperBlacky** Bon Bon!

K aterino, exhausto tras haber despegado de la pared el último fragmento del traje de Blacky con unas PINZAS, grita:

—¡Ya está, Jefe!

—¡UFFF! ¡HAS TARDADO UNA ETERNIDAD!

Ahora tendremos que darnos prisa… Para que Mákula me perdone, esta vez debo volver con un diamante tan gordo como una pelota de golf… y en Muskrat City sólo hay un lugar donde tienen diamantes de estas dimensiones: ¡la joyería Ratier!

¡Espabilad, Uno, Dos, Tres, NOS VAMOS!

En un abrir y cerrar de ojos, el Perforamóvil atraviesa la ciudad y frena en seco ante el nuevo objetivo de la **Banda de los Fétidos**.

—¡Quiero el diamante más grande que tengáis! —grita Blacky, abriéndose paso entre dependientes demudados y clientes petrificados por el pánico.

Uno, Dos y Tres empiezan a vaciar todas las vitrinas y a probarse joyas y relojes.

—¿Qué tal me queda este cronógrafo?

—¡Nada mal, Dos!

—¡Eh, que yo soy Dos! ¡Él es Tres!

—¡Te equivocas, yo soy Uno! Entonces, Tres...

—¡Dejad de cotorrear y meted toda esta mercancía en las sacas antes de que el Jefe os vea! —los reprende Katerino.

Entretanto, Blacky **DESCIENDE** a la cámara acorazada de la joyería Ratier junto a

Esmeralda Argéntea, la propietaria de la famosa tienda.

—**Por favor,
quiero un diamante enorme,**

¡EL MÁS GRANDE QUE TENGAN

—É-éste —balbucea asustada la roedora, sacando de una de las cajas fuertes una piedra de DIMENSIONES impresionantes.

Blacky lo sopesa con mirada soñadora, imaginándose la reacción de Mákula:

—¡Listos pues!

Sale de la joyería regocijándose y se sube rápidamente al Perforamóvil abarrotado de joyas, pero en ese momento irrumpen a gran velocidad dos coches-patrulla con sus luces PARPADEANTES.

—¡Alguien ha avisado a la policía! —grita Blacky—. Pero ¡¿no teníais que vigilar que nadie se moviese?!

—HUM... LO SIENTO, JEFE, PERO...

—dice Katerino tratando de excusarse.

—¡Tus excusas no me sirven de nada! Será mejor que despistes a esos panolis, ¡yo no puedo hacerlo todo!

Tras dar un potente acelerón, Katerino se abre paso entre el tráfico de Muskrat City.

Justo en ese momento, en el Palacio de Justicia, el COMISARIO Musquash está charlando con la abogada Priscilla Barr.

—¡En las últimas semanas ha habido una lluvia de detenciones! —comenta la roedora—. ¡Y la cárcel de Muskratraz nunca había estado tan llena!

—¡Ya! —responde Musquash.

—Y TODO GRACIAS A LOS SUPERHÉROES.

—Es verdad, a este ritmo, tendremos que pensar en transferir algunas ratas de cloaca a otra prisión.

Priscilla está a punto de contestarle, cuando el móvil del **COMISARIO** empieza a sonar.

—¿Diga? —pregunta Musquash—. De acuerdo,

VOY EN SEGUIDA.

Con aire taciturno, Musquash se guarda el móvil en el bolsillo de la gabardina.

–¿Problemas, comisario?

—pregunta intrigada Priscilla.

—¡Así es, al parecer! ¡Blacky Bon Bon ha atracado la joyería Ratier!

DOS COCHES-PATRULLA LO ESTÁN PERSIGUIENDO...

¡Y NO ESTÁN LEJOS DE AQUÍ!

¡TENGO QUE IRME! ¡HASTA LA VISTA, ABOGADA!

Priscilla Barr se asoma a la ventana y ve al comisario alejándose en su auto. Entonces, la roedora sale a toda prisa de la oficina y le dice a su secretaria:

—¡Cancele las citas de esta tarde, tengo un compromiso **INAPLAZABLE**!

Al mismo tiempo, en la Mansión Quesoso, Copérnica intercepta la frecuencia de radio de la **POLICÍA**: muy cerca del museo están persiguiendo un coche de color violeta con una barrena en el capó. Al instante, avisa a los superhéroes.

—¡Por mil bananas cósmicas! ¡Es el Perforamóvil! ¡Superhéroes, en acción!

—exclama Supermetomentodo. Entretanto, Katerino conduce en **zigzag** entre el tráfico urbano, a fin de mantener a distancia a los coches-patrulla.

—¡Más de prisa, especie de **COMEBASURA** traicionero! —vocifera Blacky Bon Bon.

—¡No puedo, Jefe! Es la hora punta…

¡Sin embargo, la suerte parece jugar a favor de las ratas de cloaca, pues logran despistar a los coches-patrulla! La Banda de los Fétidos está a punto de cantar victoria, cuando el Perforamóvil es **ALCANZADO** por una onda expansiva y queda destrozado.

Magnum acaba de lanzar el Efecto Obstáculo:

Los superhéroes se detienen ante lo que queda de la limusina de los Fétidos.

¡Vamos, Blacky! ¡Sal de ahí!

Incapaz de controlar su fuerza, el jefe de los Fétidos sale del auto arrancando la portezuela.

—LA ÚLTIMA VEZ OS DERROTÉ, ¿LO RECORDÁIS? ¡Y ERA YO SOLO CONTRA TRES SUPERHÉROES!

PERO ¡AHORA TAMBIÉN ESTOY YO!

Quien ha hablado es Lady Blue, que entra en escena con un salto acrobático.

—¡Bien, pues entonces empezaré por ti!

Blacky **SE ABALANZA** sobre la superroedora, que esquiva su ataque con agilidad.

—EJEM... SU-PERJEFE...

—le susurra el traje a Superme-tomentodo—:

¿NO DEBERÍA-MOS INTERVENIR?

TUMP

Supermetomentodo, que se ha quedado embelesado ante la visión de **Lady Blue**, vuelve en sí al instante:

—Hum… ¡sí! ¡Superhéroes, al rescate!

Magnum lanza de inmediato su efecto «E»:

¡EEEEEEEEEEEEE!

Bajo el Efecto Evolución Vegetal, unas cuantas plantas trepadoras se enroscan en los tobillos de Blacky Bon Bon y lo inmovilizan.

—¡BUEN TRABAJO! ¡AHORA ME TOCA A MÍ!

—grita Yo-Yo y dirige sus patines contra la rata de cloaca, con la intención de arrancarle el colgante. Pero en el último momento, Uno, Dos y Tres la agarran por las muñecas.

—¡TÚ NO VAS A NINGUNA PARTE, CHIQUITINA!

Blacky se libera de sus ataduras vegetales y se dirige decidido hacia Supermetomentodo. Pero el jefe de los superhéroes increpa con audacia a su enemigo.

—¡Tú y yo solos, Blacky Bon Bon!

Por toda respuesta, la rata de cloaca lo suspende en el aire y le dice:

—¡Estás acabado, superpelmazo!

P ero Blacky Bon Bon no sabe que todo está saliendo según los planes de Supermetomentodo: el objetivo del héroe es, precisamente, acercarse lo más posible a su enemigo para **ARREBATARLE** la piedra lunar del cuello.

Sin embargo, parece ser que la situación se le ha escapado de las manos. O al menos eso piensa Lady Blue: al ver al jefe de los superhéroes en peligro, le propina a Blacky una patada tan FUER-TE que éste ha de soltar a su presa al instante.

—¡ERES LIBRE!

—le dice Lady Blue a Supermetomentodo.

—¡¡¡Nooo!!! —responde el héroe de amarillo.

—PERO... ¡¿QUÉ TE PASA?!

¡¿Preferías que te dejase en manos de Blacky?!

—Hum… ¡es una historia un poco larga, Miss Blue! ¡Si no acabamos convertidos en **ALBÓNDIGAS** para ratas de cloaca, después te la contaré!

Entretanto, Yo-Yo logra liberarse de la captura de Uno, Dos y Tres, volviéndose altísima y **TRANSPARENTE**.

El trío de guardaespaldas la miran desde abajo con expresión bobalicona:

—¿Y AHORA QUÉ HACEMOS?

—¡Si yo estuviera en vuestro pellejo —responde la joven con su voz aguda—, me preocuparía más él!

—¿Eh? ¿Qué quiere decir? —pregunta Uno.

—¡Mirad aquí! —les ordena Magnum, al tiempo que desencadena su poderosa

Las tres ratas de cloaca, aturdidas por el Efecto Insoportable Tiza sobre Pizarra, acaban en el suelo a los pocos segundos.

¡Me encanta trabajar en equipo, Magnum!

—exclama Yo-Yo.

—Como siempre dice el Maestro Huang: «*Trabajo en equipo, como raviolis al vapor es: ¡si*

¡El desafío final!

bien hecho, nada que pueda superarlo existe!»
—añade Magnum.

Mientras, Supermetomentodo, que se ha transformado en una gigantesca ASPIRADORA, comenta jocoso:

—¿Sabes, Lady Blue?, ¡creo que Muskrat City necesita una buena limpieza!

Blacky abre los ojos de par en par y trata de huir, pero acaba ABSORBIDO por la superaspiradora, que lo lanza hacia arriba.

«Este combate se ha torcido —piensa Blacky, que ya se encuentra a bastantes metros de altura—. ¡Y encima sufro de VÉRTIGO!»

Desde tierra, Lady Blue y Supermetomentodo siguen la vertiginosa parábola que describe Blacky.

—¿No te habrás pasado?

—pregunta la superroedora de azul, mientras

observa la silueta de Blacky, que ahora ya se está acercando en **CAÍDA LIBRE**.

¡No te preocupes! ¡Tendrá un aterrizaje blandito, palabra de superhéroe!

Y entonces Supermetomentodo se transforma en un colchón amarillo que amortigua la caída, impidiendo que Blacky se haga daño.

—¿Ya has tenido bastante, Blacky Bon Bon?

—¡No pienso rendirme, Supermetomentodo! ¡Vas a ser tú quien lo haga!

Dicho esto, Blacky **SE LANZA DE CABEZA** contra Supermetomentodo.

—¡Jamás! —es la tajante respuesta del héroe.

Yo-Yo y Magnum quieren intervenir, pero Lady Blue, con un gesto, les sugiere que se detengan. Este **ÚLTIMO** enfrentamiento es sólo entre ellos: las fuerzas están igualadas y nadie puede decir cuánto tiempo durará la lucha…

Todavía incrédulo, Blacky se carcajea y da saltos de entusiasmo:

—¡Lo he logrado!
¡He vencido a Supermetomentodo!
¡POR FIN!

—¡No! ¡No es posible! —grita Lady Blue, mientras nota cómo las LÁGRIMAS empiezan a correr por su rostro.

Magnum está paralizado y Yo-Yo trata inútilmente de remover los escombros bajo los cuales yace el valeroso Supermetomentodo.

K aterino alza una ceja, **ESTU-PEFACTO**. ¡Nunca hubiera imaginado que su jefe sería capaz de tal proeza!

—¡AHORA OS TOCA A VOSOTROS!

—exclama Blacky Bon Bon, volviéndose hacia los superhéroes.

—¿Qué pasa? Ahora que vuestro jefe ya no está ¿tenéis **MIEDO**? —prosigue con arrogancia la rata de cloaca—. ¡Lo que yo pensaba! ¡Creo que ahora iré a divertirme un rato al ayuntamiento, donde me proclamaré oficialmente alcalde de la ciudad!

Yo-Yo aprieta los puños y parece dispuesta a atacar: su instinto le dice que luche, pero sabe que ella sola no podrá **LOGRARLO**.

—¿Qué hacemos, chicos?

—Pues quizá lo mejor será que nos retiremos —dice Lady Blue.

¡SIN SUPERMETOMENTODO NO TENEMOS LA MENOR POSIBILIDAD!

Y así, los superhéroes dejan que su archienemigo se aleje tranquilamente.

Pero de pronto, Magnum repara en un pequeño **DETALLE** que podría cambiar la suerte de la batalla.

—Hum... ¡Blacky! —empieza a decir tímidamente el superhéroe de rojo.

—POR QUÉ... ¡¿NO LUCHAS CONTRA MÍ?

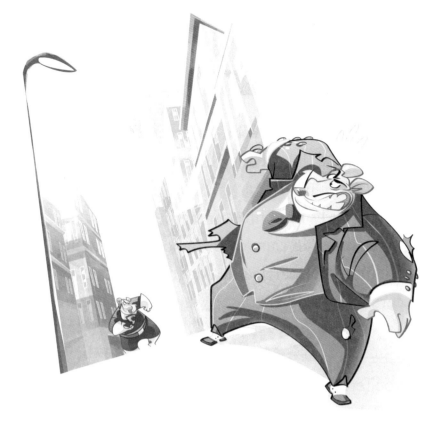

—¿Eh? ¡No digas estupideces, Magnum! ¡Es demasiado fuerte! —exclama Yo-Yo.

—**¡CÓMO QUIERAS, RATON-ZUELO EN PIJAMA!**

Y tras decir estas palabras, Blacky se lanza contra Magnum, que lo espera inmóvil y resuelto.

Yo-Yo y Lady Blue desvían instintivamente la **VISTA** y aguzan el oído a la espera del gran estruendo.

Pero en lugar de un vibrante TSOC o de un atronador POM, solamente oyen un tímido ¡PAFF!

Yo-Yo y Lady Blue no dan crédito a la escena que están presenciando. El puño de Blacky ha rebotado en la barriga de Magnum, que ni siquiera ha notado el golpe.

—¡AY! PERO ¿QUÉ ESTÁ PASANDO?!

—vocifera el jefe de los Fétidos, dando saltitos de dolor.

170

Magnum **SONRÍE** divertido. Blacky golpea una y otra vez al superhéroe de rojo, que ni se inmuta. ¡Al parecer, los **torpes** intentos de la rata de cloaca sólo le producen **COSQUILLAS**!

—¡Puede que te hayas vuelto más resistente, superpelmazo —exclama Blacky, furioso—, pero te aseguro que esto sí vas a notarlo!

Y entonces trata de levantar un **AUTOMÓVIL** para arrojárselo a Magnum, pero no logra desplazarlo ni un milímetro:

—¿Qué me está sucediendo? ¡¿Qué ha sido de mis poderes?!

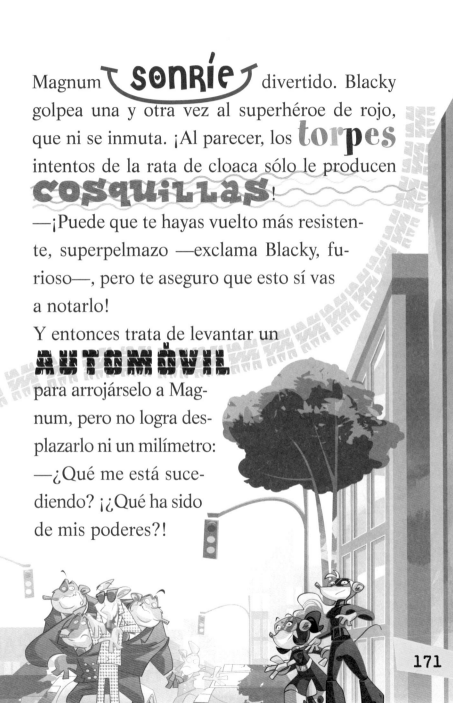

En ese momento, una voz familiar responde a la rata de cloaca:

—¿A lo mejor necesitas esto?

Todos los presentes se vuelven de **GOLPE**: de pie, al otro lado de la calle, está Supermetomentodo. En la mano sostiene el colgante con la piedra que Blacky lucía unos momentos antes.

—SUPERMETOMENTODO... ¡ESTÁS VIVO!

—exclama Lady Blue, reconfortada.

El jefe de los Fétidos se lleva la mano al cuello, pero el colgante no está.

—¡¡¡Tú!!! —ruge Blacky, fuera de sí—.

¡¿CÓMO PODÍAS SABER LO DE LA PIEDRA?!

¡¿CÓMO HAS LOGRADO ROBÁRMELA?!

—¿De verdad creías que no íbamos a descubrir el origen de tus poderes?

A ESTAS ALTURAS YA DEBERÍAS SABERLO, ¡NO HAY NADA IMPOSIBLE PARA LOS SUPERHÉROES!

Y, por cierto…, ¿recuerdas cuando me has arrojado contra aquel andamio?

Pues bien, ¡en el último segundo le he ordenado a mi traje que me transformara en PULGA! Así he evitado el golpe y, gracias a la polvareda que se ha levantado, he podido acercarme a ti por detrás… y ¡QUITARTE el colgante mientras tú celebrabas que me habías vencido!

Entretanto, el cuarteto de superhéroes ha rodeado a Blacky, a Katerino y a los guardaespaldas, que no ven el modo de escapar.

—Hum... ¡Katerino! **¡RÁPIDO!** ¡Haz algo! ¡Tú siempre tienes un plan de reserva! —le ordena el jefe a su lugarteniente.

—¿ESTÁ SEGURO, JEFE? ¡LA ESTRATEGIA QUE TENGO EN MENTE PODRÍA RESULTAR UN POCO ARRIESGADA!

—¡La verdad es que me da igual! Haz lo que quieras... pero ¡hazlo ya!

Entonces, Katerino se saca del bolsillo un pequeño **MANDO A DISTANCIA**, pulsa un botón y... ¡hace saltar por los aires el Perforamóvil!

Supermetomentodo y los suyos se vuelven a toda prisa para protegerse de la **EXPLOSIÓN**.

Las fuerzas del orden y los bomberos intervienen en medio de la gran confusión reinante.

El **COMISARIO** Musquash, que dirige las operaciones, al ver que Supermetomentodo está ileso suspira aliviado.

¡SUPERMETOMENTODO!
TE HA IDO DE UN PELO, ¿EH?

—¡Ya puede usted decirlo, comisario! ¡Claro que, afortunadamente, cuento con un superequipo!

En ese momento, interviene Yo-Yo:

—Magnum, ¿cómo has sabido que Supermetomentodo estaba sano y salvo?

—Verás… cuando Blacky estaba a punto de marcharse, ¡he visto unos DESTELLOS AMARILLOS y **ROJOS** en su espalda! He mirado mejor y…

—¡… has visto que era Supermetomentodo desatándole el colgante! —concluye Lady Blue.

—Y ahora, si me disculpáis —interrumpe Musquash— ¡ha llegado la PRENSA!

Y desaparece, engullido por una pequeña multitud de periodistas, ansiosos por **ARRANCARLE** las primeras declaraciones sobre lo sucedido.

Los cuatro superhéroes se alejan de la escena. Supermetomentodo se acerca a Lady Blue:

—TE HE DADO UN BUEN SUSTO, ¿A QUE SÍ?

—¡BAH! ¡DE ESO NADA! ¡SABÍA QUE TENÍAS EN MENTE UN PLAN GENIAL, COMO SIEMPRE!

—responde la superroedora, fingiendo que lo que acaba de pasar no la ha afectado en absoluto.

Sin embargo, al momento añade con una luminosa sonrisa:

—Pero ¡estoy muy contenta de que no te hayan herido!

El superhéroe se **DERRITE** como mantequilla bajo el sol de agosto.

—¡Lástima que las ratas de alcantarilla hayan huido también esta vez! —exclama Magnum, al tiempo que su estómago empieza a gruñir: ¡la hora de la cena se acerca!

—¿Qué os parece si volvemos a la Base Secreta y lo celebramos? —pregunta Supermetomentodo.

—¿Te apuntas, Lady Blue?

—Lo siento mucho, Supermetomentodo —responde ella—, pero tengo cosas que hacer...

Y desaparece tras los **edificios**, iluminada por la luz del crepúsculo y seguida por la **amorosa mirada** del superhéroe de amarillo.

Fin... ¡¿o comienzo?!

B lacky Bon Bon protesta mientras recorren las **CLOACAS** en busca de un acceso que les permita volver a Putre-factum.

—¡¿Por qué has hecho estallar **M**i coche?! ¡¿Tienes idea de cuánto me costó?!

—Pero Jefe, ¡si ya estaba hecho polvo! Y, además…, ¡gracias al sistema de auto-

destrucción del Perforamóvil **HEMOS PODI-**
DO ESCAPAR! ¿O acaso hubiera preferido
que nos detuviera Musquash?

—Bah... ¡ahora cállate y procura recordar qué
entrada nos deja más cerca de casa! ¡Me está
entrando barro en los ZAPATOS y en los
calcetines!

¡Y YA DEBERÍAS SABER QUE EL BARRO NO ME GUSTA!

Por fin, las cuatro ratas de alcantarilla llegan a
Putrefactum: están sucios, des-
peinados y exhaustos. Cuando llegan delante de la
casa del jefe, Uno, Dos
y Tres se retiran.

Blacky se percata de
que Katerino también está
a punto de despedirse y
trata de RETENERLO.

—Ejem, Katerino…, ¿no quieres entrar?

—Hummm… ¡no, gracias! Me temo que la señora Bon Bon estará de muy **MAL HUMOR**. Si no me equivoco, esperaba un buen regalo, ¿no es así?

Blacky sabe que Katerino tiene razón y se resigna a entrar de puntillas. Pero, para su desgracia, a cada paso que da se oye el

ÑIC ÑAC

de los zapatos embarrados sobre el mármol. Desde lo alto de la escalera, Fiel lo observa con indiferencia. Sin inmutarse, pregunta:

—Algo me dice que no voy a tener mi nuevo lector mp3, ¿verdad?

—Hum...
Fielecita mía...

—dice Blacky, tratando de engatusarla, pero en ese momento Mákula hace su entrada triunfal en el salón, seguida de los avispados Elf y Burp.

—¿Me equivoco o ésta es la voz de mi adoradísimo maridi...? **¡OOOH!** Pero... ¡¿se puede saber qué te ha pasado?! ¿Y qué son esas

MANCHAS DE BARRO?

¡Acabo de fregar el suelo!

—Bueno, yo... había cogido un diamante muy grande de Ratier y...

—¡¿Es eso cierto?! ¿Has robado un diamante para mí? —exclama Mákula, *SALTANDO* de una pata a la otra, presa de la excitación.

—Sí, pero después... ha habido un problemilla con los superhéroes... —A Blacky, la voz parece quebrársele en la garganta; Mákula, en

cambio, se pone rígida y su mirada se vuelve **GLACIAL**.

—Ellos… ellos han logrado quitarme el colgante… y entonces yo… yo…

—¡HAS SIDO DERROTADO Y HAS HUIDO COMO UNA RATA DE CLOACA, ETCÉTERA!

—concluye en su lugar Fiel, sin dejar de mascar **CHICLE**.

Mákula, por su parte, resopla como un volcán en erupción:

—¡Ya sabía yo que la cosa acabaría así! ¡Siempre haces igual, me prometes la luna y **FRA-CASAS** todas las veces! ¡Te había pedido un regalo modesto… pero ni siquiera en eso eres capaz de complacerme!

¡¡¡Tú no me quieres!!!

—Pero, Makulita… —responde Blacky—. ¿Cómo puedes decir eso? ¡Ya sabes que te adoro!

Pero antes de que el jefe de la **banda** pueda acabar de hablar, su esposa ya se ha marchado **DANDO UN PORTAZO**.

Al poco, la puerta se abre de nuevo y Blacky alberga una débil esperanza. Pero ésta se desvanece inmediatamente.

—¡Ah! ¡Me olvidaba! —grita Mákula—. ¡Elf y Burp han confundido tu almohada con su

LAVABO! ¡Así pues, será mejor que duermas en el sofá!

Y abandona la sala definitivamente.

—¡Ay! —suspira Blacky, que se refugia en el balcón, acompañado de una gran luna **LUMINOSA**. Muchos metros más arriba, Metomentodo está admirando la misma luna con mirada soñadora.

-Ah··· LADY BLUE···

Una voz a su espalda lo devuelve a la realidad:

—¡Vamos, querido, ya es hora de acostarse!

—¡Sí, AHORA VOY, COPERNIQUITA!

—responde nuestro héroe, que cierra la ventana y se mete bajo las mantas.

—Me olvidaba de decirte una cosa... —añade Copérnica—. El museo transferirá las piedras lunares a un emplazamiento **SECRETO**. Mejor, así estarán más seguras. Si Blacky obtuvo sus poderes de la piedra lunar, eso quiere decir que por sus venas corre la sangre de los **SUPERHÉROES**, de lo contrario, la piedra no hubiera surtido en él el menor efecto...

Pero Metomentodo no le contesta, ya se ha sumido en un **SUEÑO PROFUNDO**, donde puede encontrarse con Lady Blue sin ruborizarse.

¡DULCES SUEÑOS, SUPER METOMENTODO!

ÍNDICE

Geronimo Stilton

Marca en la casilla correspondiente los títulos
que tienes de todas las colecciones de Geronimo Stilton:

Colección Geronimo Stilton

☐ 1. Mi nombre es Stilton,
Geronimo Stilton

☐ 2. En busca de
la maravilla perdida

☐ 3. El misterioso
manuscrito de Nostrarratus

☐ 4. El castillo de Roca Tacaña

☐ 5. Un disparatado
viaje a Ratikistán

☐ 6. La carrera más loca del mundo

☐ 7. La sonrisa de Mona Ratisa

☐ 8. El galeón de los gatos piratas

☐ 9. ¡Quita esas patas, Caraqueso!

☐ 10. El misterio del
tesoro desaparecido

☐ 11. Cuatro ratones
en la Selva Negra

☐ 12. El fantasma del metro

☐ 13. El amor es como el queso

☐ 14. El castillo de
Zampachicha Miaumiau

☐ 15. ¡Agarraos los bigotes...
que llega Ratigoni!

☐ 16. Tras la pista del yeti

☐ 17. El misterio de
la pirámide de queso

☐ 18. El secreto de
la familia Tenebrax

☐ 19. ¿Querías vacaciones, Stilton?

☐ 20. Un ratón educado
no se tira ratopedos

☐ 21. ¿Quién ha raptado a Lánguida?

☐ 22. El extraño caso
de la Rata Apestosa

☐ 23. ¡Tontorratón quien
llegue el último!

☐ 24. ¡Qué vacaciones
tan superratónicas!

☐ 25. Halloween... ¡qué miedo!

☐ 26. ¡Menudo canguelo
en el Kilimanjaro!

☐ 27. Cuatro ratones
en el Salvaje Oeste

☐ 28. Los mejores juegos
para tus vacaciones

☐ 29. El extraño caso de
la noche de Halloween

☐ 30. ¡Es Navidad, Stilton!

☐ 31. El extraño caso
del Calamar Gigante

☐ 32. ¡Por mil quesos de bola...
he ganado la lotorratón!

☐ 33. El misterio del ojo
de esmeralda

☐ 34. El libro de los juegos de viaje

☐ 35. ¡Un superratónico día...
de campeonato!

☐ 36. El misterioso
ladrón de quesos

☐ 37. ¡Ya te daré yo karate!

☐ 38. Un granizado de
moscas para el conde

☐ 39. El extraño caso
del Volcán Apestoso

☐ 40. ¡Salvemos a la ballena blanca!

☐ 41. La momia sin nombre

☐ 42. La isla del tesoro fantasma

☐ 43. Agente secreto Cero Cero Ka

☐ 44. El valle de los esqueletos
gigantes

☐ 45. El maratón más loco

☐ 46. La excursión a las cataratas
del Niágara

☐ 47. El misterioso caso de los
Juegos Olímpicos

☐ 48. El templo del rubí de fuego

☐ 49. El extraño caso del tiramisú

bros especiales e Geronimo Stilton

- ☐ En el Reino de la Fantasía
- ☐ Regreso al Reino de la Fantasía
- ☐ Tercer viaje al Reino de la Fantasía
- ☐ Cuarto viaje al Reino de la Fantasía
- ☐ Quinto viaje al Reino de la Fantasía
- ☐ Sexto viaje al Reino de la Fantasía
- ☐ Séptimo viaje al Reino de la Fantasía

- ☐ Viaje en el Tiempo
- ☐ Viaje en el Tiempo 2
- ☐ Viaje en el Tiempo 3
- ☐ La gran invasión de Ratonia
- ☐ El secreto del valor

Grandes historias Geronimo Stilton

- ☐ La isla del tesoro
- ☐ La vuelta al mundo en 80 días
- ☐ Las aventuras de Ulises
- ☐ Mujercitas

- ☐ El libro de la selva
- ☐ Robin Hood
- ☐ La llamada de la selva
- ☐ Las aventuras del rey Arturo

Cómic Geronimo Stilton

- ☐ 1. El descubrimiento de América
- ☐ 2. La estafa del Coliseo
- ☐ 3. El secreto de la Esfinge
- ☐ 4. La era glacial
- ☐ 5. Tras los pasos de Marco Polo
- ☐ 6. ¿Quién ha robado la Mona Lisa?
- ☐ 7. Dinosaurios en acción
- ☐ 8. La extraña máquina de libros
- ☐ 9. ¡Tócala otra vez, Mozart!
- ☐ 10. Stilton en los Juegos Olímpicos
- ☐ 11. El primer samurái
- ☐ 12. El misterio de la Torre Eiffel

Tea Stilton

- ☐ 1. El código del dragón
- ☐ 2. La montaña parlante
- ☐ 3. La ciudad secreta
- ☐ 4. Misterio en París
- ☐ 5. El barco fantasma
- ☐ 6. Aventura en Nueva York
- ☐ 7. El tesoro de hielo

- ☐ 8. Náufragos de las estrellas
- ☐ 9. El secreto del castillo escocés
- ☐ 10. El misterio de la muñeca desaparecida
- ☐ 11. En busca del escarabajo azul
- ☐ 12. La esmeralda del príncipe indio
- ☐ 13. Misterio en el Orient Express

¿Te gustaría ser miembro del CLUB GERONIMO STILTON?

Sólo tienes que entrar en la página web **www.clubgeronimostilton.es** y darte de alta. De este modo, te convertirás en ratosocio/a y podré informarte de todas las novedades y de las promociones que pongamos en marcha.

¡PALABRA DE GERONIMO STILTON!

SUPERHÉROES

1

2

3

4

5

6

7

8